惡魔高校D×D

聖誕節的搞笑天使

18

石踏一榮

ICHIEI ISHIBUMI

Kadokawa Fantastic Novels

彩頁、內文插圖／みやま零

目 錄

你們所在的樂園，是建立在許多犧牲之上的世界。

Life.0

『開關公主，我來救妳了。』

『……胸部龍，我一直相信你會為我而來。』

幽暗的室內——這裡設置了大型的銀幕，正播映著特攝作品的影片。其實，這裡是我的房間。我的房間備有投影機，只要按個鈕就可以展開銀幕，將影片投射在上面……對一個高中生來說，這樣的設備是太高級了點，但莉雅絲在改建兵藤家的時候表示「姑且裝一下」，就變成現在這樣了。位於地下一樓的訓練室也有家庭劇院設備，不過今天……是為了營造一下氣氛，才在我的房間裡，關了燈欣賞影片。

我們正在觀看的作品，是「乳龍帝胸部龍」。製片公司在剛完成最新集數之後，就會在播映前先送到擁有版權的吉蒙里家。影片也會送到我這邊來，偶爾也就會像這樣收看。

至於我是和誰一起看……

「……在影片當中你也會來救我呢。」

和我緊緊貼著，親密地坐在一起的莉雅絲這麼說。

沒錯，我現在和莉雅絲在一起，只有我們兩個人，一同收看「胸部龍」。

自從「邪惡之樹」開始攻擊我們之後，私人的時間真的變得很少，我和莉雅絲之間的交流，也只剩下生活上的最基本的相處……雖、雖然就寢的時候我們確實也睡在一起沒錯，但那已經是日常生活的一部分了，和她私下獨處的時間又另當別論……話雖如此，要是想在工作以外的時間出遠門的話，又得先向許多人交代清楚才能成行。而我們的身分又分別是赤龍帝和吉蒙里家的繼任宗主，再加上目前又必須對付「邪惡之樹」，讓我們變得更加忙碌。

在這樣的情況之下，我們好不容易才騰出這段只屬於我們的時間。

……「只屬於我們的時間」。啊，這句話聽起來真甜蜜啊……現在，我已經不用再顧慮這個顧慮那個，可以用親近的語氣跟她對話了。這一年來雖然發生了許多事情，但能夠和莉雅絲共度這樣的時光，就讓我覺得是足以抵銷一切的幸福了！

這時流下歡喜淚水的我，投影在銀幕上的「胸部龍」影片則是上演著胸部龍在危機的時刻帥氣現身，並拯救了開關公主的正統派劇情。

就如同莉雅絲所說的，我也曾像這樣現身拯救過莉雅絲。畢竟我既是莉雅絲．吉蒙里的「士兵（pawn）」，也是她的眷屬惡魔，更是——

無意間，我低頭一看——眼前就是胸部！……因為氣氛實在太棒了，該怎麼說呢，眼睛一旦盯上胸部之後，注意力便無法集中在眼前的影片上面，右手也自然朝著那個方向移動！

……再一點點，只要再把手向前伸一點點，就可以一把抓住…………不行不行，分明現在氣氛這麼棒，又在看特攝節目，怎麼可以做這種事……！要是搞成情色時間，就太浪費這樣的甜蜜時刻了！要是我在氣氛這麼好的時候摸了莉雅絲的胸部，她一定也會覺得掃興而動怒才對！

我平復了興奮的心情，準備縮手。這時，莉雅絲的手抓住了我的那隻手。

接著就從掌心傳來一種極致柔軟的觸感！

莉、莉雅絲她……把我準備縮回去的手拉到自己的胸部上！而且還是一路拉到敞開的襯衫裡面去！毫無隔閡的裸胸觸感啊啊啊啊啊！我的手掌整個陷入圓形的物體當中，右手的每一吋都感受著胸部！啊啊，莉雅絲的胸部真是太柔軟了！而且連體溫也傳了過來，讓我都快要受不了了。

儘管因為莉雅絲突然這麼做而感到困惑，我依然在腦中瘋狂想著胸部！而莉雅絲水汪汪的雙眼帶著苦悶的眼神，輕聲地對這樣的我說：

「……別停。」

——！……竟然說了這種話……！不、不縮手沒問題嗎？我、我想揉一揉也沒問題嗎？

「可、可以嗎？」

心跳加速的我這麼問了之後，只說了「……嗯，拜託。」這麼一句話的她——露出心意已決的表情。我和莉雅絲都已經聽不見「胸部龍」影片傳來的聲音了。傳進耳朵裡的，大概就只剩下彼此的心跳聲吧。

我抓著胸部的右手多使了點力。我的手感受到了女體的柔軟觸感，與此同時，莉雅絲也「……啊！」地吐出了誘人的聲音。

……聽見那種打從根本動搖男人心的嬌喘，我……我！

在幽暗的房間裡，我和她的臉慢慢貼近——

我整個人都亢奮了起來，大野狼模式——就要發動時，室內突然響起一陣吵雜的聲音。

——是我事先設定好時間的鬧鐘。

聽見這道聲響，我和莉雅絲像是大夢初醒，迅速分開了原本緊緊貼在一起的身體！

「…………」

「…………」

彼此都紅著臉，默不作聲。

平常面對我的時候總是積極進攻的莉雅絲，當變成這種氣氛時就會露出超少女的表情。那種表情真是可愛到極點，惹人憐愛到極點……讓我想要一次又一次記錄在腦內！不，我當然都記錄起來了！

不久之後，敲門聲響起，蕾維兒走進房間來。

「打擾了。一誠先生，接下來差不多該——」

看見在幽暗的房間裡坐得很近的我們，蕾維兒瞬間紅了臉，開口就是道歉：

「非……非常抱歉！我、我……！」

她好像以為是自己破壞了我們的好事。蕾維兒對於這方面的事情總是非常顧慮，她相當重視我和莉雅絲的私人時間，所以現在才會誤以為是自己成了電燈泡吧。

「啊——不是啦……真傷腦筋。」

我抓了抓後腦勺，不知該做何反應。

莉雅絲苦笑了一下，嘆了口氣。她已經完全收斂起剛才對我撒嬌的表情，變回平常的「社長模式」了。

「沒辦法。現在是年底，而且聖誕節也快到了，時間非常寶貴。」

說著，她就從我身邊離開——

「不過——」

然後又立刻回來，在我嘴上輕輕地親了一下。

「只是這樣的話，應該沒關係吧？」

她拋了個媚眼！我、我被她偷親了一下啊！啊，好幸福！這樣我也非常滿足了！……喔不，以成為後宮王為目標的我可不能這樣！如果能有更進一步的發展當然是再好不過！

但是──

「一誠！莉雅絲小姐！」

精力充沛地走進房間的是伊莉娜。

「好了，聖誕節大作戰不久之後就要開始了！我們就趕緊來稍微討論一下吧！」

我們並沒有足夠的閒暇能享受這樣的甜蜜時刻。

嗯──冬天的活動就要開始了！

Life.1 在聖誕節還是要惡魔！

第二學期結業典禮這天——

在體育館舉行的結業致詞也結束了之後，我們回到教室裡。在班導師回來之前，我跟松田、元濱，還有女生四人組（愛西亞、潔諾薇亞、伊莉娜、桐生）聚在一起閒聊。

「所以說，年底到年初這段時間，一誠還是很忙啊。」

松田邊嘆氣邊這麼說，我也只能一味地道歉。

「抱歉啦。因為還是有社團活動之類的，實在空不下來。而且我們也還沒針對新的幹部陣容好好討論過呢。如果不趁現在先討論一番，新的一年好像馬上就會遇到許多麻煩。妳們說，對吧？」

我將話題轉給教會三人組，並且使了個眼色，要她們附和我的說詞。

愛西亞好像也察覺到我的意圖，接著說了下去：

「對、對啊。以、以後就得由我們二年級的人為中心去經營這個社團了，而且伊莉娜同學也會正式入社呢。」

沒錯，正如愛西亞所言，伊莉娜即將正式加入神祕學研究社了。伊莉娜之前一直試圖成立一個以救助學生為活動宗旨的獨特社團，但到頭來還是因為找不到社員而作罷。再加上神祕學研究社也會有兩位畢業生離開，所以她決定加入我們。

而且要是潔諾薇亞在學生會選舉中當選的話，她也會離開吧……不過，能否當選還是端看今後的競選活動而定就是。

「兩位學姊就要離開了，一直以來大家也都很照顧我，而且現在我也要升上三年級，所以想說差不多該定下來了呢。」

伊莉娜一面點頭一面這麼說著……但她就算想繼續募集加入那個社團的社員，恐怕也有一定的難度吧。伊莉娜在全校學生的心目中已經是「可愛但也很奇怪的女孩」這樣的定位，往後想找社員恐怕並不容易。就某種層面來說，在這個時候定下來確實是正確的選擇。

元濱問道：

「新社長和新副社長都還沒決定嗎？」

神祕學研究社的社員都點頭回答他的問題。

莉雅絲是說差不多該告訴我們了……但到現在我還是不知道誰是社長，誰又是副社長。新社長到底會是誰呢？

松田則是看著潔諾薇亞說：

「我個人覺得潔諾薇亞成為學生會選舉的候選人讓我比較驚訝啊。應該說，這個話題已經在整個駒王學園引發討論了呢。」

松田說的沒錯，潔諾薇亞參加學生會選舉這件事已經傳遍整個學園了。畢竟在奧羅斯學園的事件之後，潔諾薇亞立刻就正式表態參選了。學校也接受了她的申請，潔諾薇亞已經正式成為候選人。

「我打算從寒假就開始擬定競選活動內容。新年過後，我就得盡快開始行動才行呢。」

潔諾薇亞充滿了鬥志。她最近經常拿著參考書，一臉很是專注的樣子。

「我也會協助潔諾薇亞的競選活動喔。要是潔諾薇亞當上會長，應該會超好玩的吧。」

桐生也開心地這麼說……對這個傢伙來說，動機除了出自朋友立場的親切之外，還有抱持著想看到在潔諾薇亞主政之下的學生會，會讓學校變得多有趣的好奇心吧。我也無法想像在潔諾薇亞的主導之下，駒王學園會變成什麼樣子。

「終歸一句話，你們果然還是有很多事情要忙呢。」

說著，松田嘆了口氣。

「唉……我原本還想著今年跨年也會是三個光棍的紳士鑑賞會呢。」

「ＤＶＤ啊……這個……我就不奉陪了。」

我一臉厭煩地這麼說。松田皺起眉頭問了聲「為什麼？」，似乎覺得相當疑惑……

其實，就在不久之前，我才經歷過一次極為罕見的體驗，那導致我暫時不想再和男人一起看Ａ片了。

問我為什麼？事情是這樣的，瓦利那個傢伙突然就出現在我家，然後這麼說了……

「兵藤一誠，讓我看一下能夠讓人性致高昂的影片好嗎？這是阿撒塞勒的建議。」

那位號稱歷代最強的白龍皇先生居然說這種話！至於那個傢伙為什麼會說出這種不符合他個性的話，原因就出在阿撒塞勒老師身上。

據說，老師對瓦利這麼說：

「聽好了，瓦利。如果你想得到常理無法解釋的力量，可以從一誠身上找提示。那個傢伙得到了某種我將之命名為乳力（new power）的神祕力量。如果你想接觸到有別於魔力及龍之力以外的力量，不如去找同為二天龍的一誠，試著注意一下他的生活如何？」

——似乎是這樣。

於是，對於追求力量不遺餘力的瓦利，就真的乖乖跑來找我了。

不不不，我確實是得到了老師所謂的乳力（new power），但就算是這樣，要我透過Ａ片對我的宿敵闡述這種力量也太誇張了吧！

魄力十足的瓦利一邊說著「讓我看影片」一邊逼近到我面前，讓我無法斷然拒絕，情勢便自然演變兩個大男人——不，是二天龍一起看Ａ片了！

我們看著畫面當中的大姊姊咿咿啊啊地呻吟著時……

「所以我現在應該注意什麼地方才對？胸部？臀部？」

那個傢伙竟然一臉認真地這樣問我！

而我竟然也好心地對他詳細說明起「呃——這套是護士服，這個叫做角色扮演，有些男人對這種情境會特別有性趣」之類的！那個傢伙聽我這麼說明之後又說著「護士服、角色扮演……這些該如何轉換成龍之力才對？」就認真思考起這種問題來了！

年輕氣盛的男生通常會因此越聊越興奮而開始暢談彼此的性癖好，但我們兩個之間並未產生這種現象，只是由我一直漠然地解說A片到天明……

……到頭來，那個傢伙自己得出了「我還是搞不懂，不過我現在了解兵藤一誠對此研究得非常認真了，那大概就是你努力的結果吧。看來龍之力還有許多未能闡明的部分呢。」這種莫名其妙的結論後就回去了，而且還留下一句「我改天再來」這種令人不安的台詞……！

或許是因為這樣吧，我短時間內實在不太想舉辦只有男人的A片鑑賞會了。

元濱一邊搖頭一邊說：

「我好不容易才弄到最新的十八禁遊戲——『絕對聖域的作人公主』，原本想說可以順便玩一下的……看來大概是派不上用場了吧。」

——！……他說……什麼……？

對於A片面露難色的我，聽見元濱提起的十八禁遊戲也不禁表示感興趣。

「是、是買了的人都給予極高評價的那款遊戲嗎？」

聽說，主角是個流浪劍士，因緣際會之下在某座城堡住了下來，漸漸就和城堡裡的公主們變得越來越親密，最後開始做些色色的事情，就是這樣的一款情色遊戲！而且漸入佳境的劇情撲朔迷離、環環相扣，女生們的圖像美不勝收，設定也相當優秀，還聽說導出結局的種種鋪陳更是安排縝密且令人感動！

「沒錯，我費盡千方百計才弄到手的。因為最近一誠莫名熱愛公主、千金小姐這類的主題，我想說你應該會高興。」

真、真是太棒了！正如元濱所說——我現在對「公主」、「千金小姐」、「大姊姊」這些詞彙非常沒有抵抗力。只要是那方面的作品搭配上這樣的標題、類型，就足以吸引我的目光……或許是因為我正在和莉雅絲交往，才會變成這樣吧……！不，應該是在我開始迷戀莉雅絲之後，就一直是這個狀態了吧。

一旁的潔諾薇亞也聽得興致勃勃。

「……嗯，ERO遊啊，真有意思。」

伊莉娜也跟著表示同意。

「而且主題還是公主！……感覺可以藉此得知一誠的喜好呢！」

我已經不想再聽女生的指示玩十八禁遊戲了！拜託妳們，請讓我一個人安靜地玩吧！

這時，桐生眼睛一亮，改變了話題說道：

「這麼說來，聖誕節快到了呢。」

嗯，今天——結業典禮是二十日，所以再過幾天就是聖誕節了。

那個眼鏡女孩隨即表露出下流的神情說：

「兵藤，你今年不知道會收到怎麼樣的禮物喔？」

那……那是什麼在期待情色答案的表情……應該說，她該不會又灌輸了什麼不正經的知識給她們了吧？我滿懷不安地看向教會三人組，只見潔諾薇亞的雙眼閃閃發亮，而愛西亞和伊莉娜則是低頭紅著臉！

潔諾薇亞把手放到我的肩膀上說：

「嗯，桐生都告訴我們了喔。聽說日本的聖誕節不是家族團聚的日子，而是關係親密的男女一起共度的節日，而且還要作人對吧。不僅如此，聽說上天還會將小孩直接賜給這樣的男女。日本的聖誕節對於想要小孩的人來說，是個非常值得慶祝的節日呢。」

不要豎直了拇指說這種鬼話好嗎！聖、聖誕節在日本確實有很多人是跟情人一起度過的啦！但這並不直接等於作人啊……好啦，要說最後會演變成作起人來也沒有錯啦……

愛西亞和伊莉娜也忸忸怩怩地說：

「……對照日本的聖誕節的習俗來看，應該是把我自己送給一誠先生當禮物對吧……！如、如果一誠先生不嫌棄的話……！」

「……才、才離開沒多久而已，日本的聖誕節就變成這樣，是讓我覺得有些困惑，但、但是奉獻自身這樣的舉動對基督徒而言，也不是完全無法理解啦。如果一誠希望我這麼做的話……也、也、也只能把我自己當成禮物了吧……！」

她們三個都嚴重誤會啦——！把自己當成禮物確實是會讓我覺得很開心！但、但是讓她們誤以為日本的文化就是這樣，也不太好吧！

「桐生！我不是叫妳不要灌輸她們奇怪的事情嗎！」

儘管我這麼說，那個傢伙也只是露出滿臉淫笑而已！該死的桐生！意外的，我最大的天敵是這個傢伙也說不定！不，這個傢伙就是天敵！

松田和元濱憤恨不平地瞪著我，含淚吶喊：

「嗚嗚，一誠你這個混帳傢伙！最好是要害爛掉，爛到掉下來啦！」

「竟然釣到這麼多美少女！現實生活中就有這種平安夜變情色夜的十八禁遊戲劇情，那當然不需要A片跟十八禁遊戲啦——！」

他們兩個勾肩搭背，一面大哭一面對我宣告！

「「休想再跟我們借A片跟十八禁遊戲了啦！」」

唉……看來我在寒假期間是玩不到「絕對聖域的作人公主」了……

就這樣，第二學期的結業典禮迎來尾聲。

接下來就要進入寒假啦！

——結業典禮結束的當天下午，我們神祕學研究社的社員在兵藤家樓上的貴賓室集合。羅絲薇瑟和阿撒塞勒老師同樣結束了結業典禮的工作之後，也趕到了現場。還有，統籌這一帶的天界工作人員，葛莉賽達修女也來了。

原則上能過來集合的成員都已經露臉了，所以伊莉娜代表大家提出了這次聚會的主題。

「基於以上原因，我們決定透過聖誕節這個機會，發送禮物給住在駒王町的大家！」

沒錯，以我們——「D×D」小隊為中心，聚集在駒王町的三大勢力成員，決定在聖誕節進行一項企畫。

莉雅絲接著說：

「這個城鎮是三大勢力和平共處的象徵，是重要的據點之一。但更重要的是，這裡是居民們最寶貴的家園。我們平常都在使用這塊土地，所以更應該趁聖誕節祝福這裡的居民。」

伊莉娜也不住點頭表示贊同。

「沒錯沒錯！所以天界和冥界要攜手合作，送禮物給住在這個城鎮的大家！至於負責發禮物的人——」

伊莉娜看向我們，於是我說：

「就是以『D×D』小隊為中心的我們啦。」

「沒錯！當然，發禮物的時候還要穿上聖誕老人裝來應景一下！」

——總之，我們正在進行這樣的企畫。今年在這個鎮上發生了不少事情，而且那種若是有個不小心，就很有可能害得整個城鎮消失的事件也是頻繁發生。之前都是由我們防患於未然……但我們在不知不覺間給居民們添了很大的麻煩也是事實。或許有人會說，那把根據地轉移到其他地方去不就得了，但事情並沒有那麼簡單。我們已經在這裡投入了這麼多設備，既無法輕易搬遷，現況也不允許。

既然如此，不如趁聖誕節送禮物給居民如何？以新生代為主的成員，便提出了這樣的主意。當然，各陣營的首腦也欣然採納了這個意見，還決定全面出資支援這個企畫。因為平常就給各位居民添了許多麻煩，我們也理所當然地有從自己的荷包當中掏錢出來。

至於禮物的種類更是多樣化。我們原本想在事前不著痕跡地做個普查，列出每一位居民想要的東西，可惜我們沒有那麼多時間，只能以一些無傷大雅，但收到也會很開心的禮物為主。像是送給小女孩的就是兒童動畫的小魔女變身組，送給辛勤工作的父親的則是領帶或按摩店的優惠券。老師說，要是送了太誇張的禮物，立刻就會變成超自然現象而四處擴散，所以還是像方才舉的那些例子最為剛好。

「做到可能會被當成都市傳說的程度應該差不多吧。」

老師如此補充。

於是，得知這個企畫之後，大家都相當興奮。畢竟可沒有什麼自己打扮成聖誕老人去發禮物的機會呢，這和打工的時候穿上聖誕老人裝站在店頭，又是截然不同的兩件事了。

惡魔打扮成聖誕老人好嗎？而且說穿了，惡魔要參與聖誕節這個基督教的節日沒有問題嗎？儘管有這樣的疑問，但大家都同意「偶一為之無妨」，也就決定付諸行動了。說真的，偶爾有點這樣的活動也不錯啊。

「呵呵呵，這就是我們要穿的聖誕老人服裝喔。」

朱乃學姊準備了女生的聖誕老人服裝樣本。紅白搭配起來，一看就覺得是聖誕老人裝。

潔諾薇亞接過樣本服問向伊莉娜：

「會準備麋鹿嗎？」

「麋鹿會不會飛啊？」

伊莉娜就如此問了葛莉賽達修女，修女便回答「會施展讓麋鹿飛起來的魔法」。喔喔，也就是說，能夠看到拖著雪橇在夜空中到處飛行的麋鹿啦。

「能夠當聖誕老人真是太榮幸了。」

「但感覺像是在搶聖誕老人的工作，也讓人有點在意呢。這樣算妨礙業務吧。」

潔諾薇亞和伊莉娜如此談笑，說得像是聖誕老人真實存在一樣。

「不是啦，說穿了根本就沒有聖誕老──」

我的話還沒說完，她們兩個就愣了一下，並同時回答：

「「嗯？當然有啊。」」

…………

她們回應得像是理所當然一樣……聖誕老人的真實身分不就是爸爸媽媽嗎？這種話說起來很破壞夢想，但真相也確實是如此……怎麼可能會有什麼聖誕老人──

我問向莉雅絲：

「……咦？有嗎？」

只見她露出笑容說：

「原則上有啊。不過說到這個就又會是另一個故事，我現在就先不說明了。」

不會吧！真的有聖誕老人？也、也是啦，都有惡魔和天使了，有聖誕老人也不足為奇！可是我都活了十七年，卻都不曾見過聖誕老人啊！我根本就沒收過他送的禮物！

「……看來聖誕老人沒有去找色色的小孩呢。」

小貓的犀利吐嘈！說的也是！聖誕老人才不會來找色色的小孩呢！都怪我從小學的時候

就開始想要A片和A書，真是非常抱歉——！

沒發現我在心裡懺悔，莉雅絲繼續說了下去：

「聖誕節也是惡魔大發利市的時候呢。等一下我們也要針對這件事情開個會，所以眷屬要另外集合喔。」

『遵命。』

吉蒙里眷屬如此回應。木場對我說：

「以惡魔的工作來說，聖誕節也是業務繁忙的時期呢。」

聽說每年到了聖誕節前後，就會有許多寂寞的居民找上我們，而且委託的件數更是高達平常的好幾倍，甚至十幾倍。在聖誕節召喚惡魔感覺好像會遭天譴，但大家就是寂寥又孤單到不惜召喚惡魔了吧。我也很明白那種感受！我也很想和情人一起度過聖誕節啊！

「客人特地為了我們空下這一天，我們怎麼可以不去赴約呢？」

莉雅絲這麼說……嗯，我是很想和莉雅絲一起過，不過照這樣看來，今年是沒辦法了。光是聖誕節的送禮企畫和惡魔的工作，就會忙死我們了吧。

我對木場說：

「你應該也會被大姊姊們找去吧。怎麼，你又打算招待她們吃你的拿手好菜嗎？」

「去年是有很多類似的委託沒錯……不過，今年我還真想和朋友一起過聖誕節啊。」

說著，木場的眼睛變得水潤柔和，還紅著臉這麼說：

「我打算做個蛋糕……還真想給一誠同學吃吃看呢。」

為什麼要對我說這種事情！型男幹嘛露出那種少女般的表情啊！

「我不是一直都在告訴你，那種話去對女生說啦！好——我要聯絡真羅副會長，叫她邀請你一起度過聖誕節！」

我要傳簡訊給之前才剛交換過聯絡方式的真羅副會長，要她處理一下木場！

就傳個「木場說他要做蛋糕，妳要不要也來一點啊？」之類的安全內容好了！而木場聽了顯得有點焦急！

「為、為什麼一誠同學要在這種時候提起真羅副會長？你最近好像很常刻意讓我和副會長見面耶！」

我必須讓這個傢伙往健全的方向發展才行！再這樣下去，這個傢伙很可能會偏離正道，太可怕了！而且身邊有個女性在的話，應該也就比較不會逞強了吧。這個傢伙……比我還要亂來。使用格拉墨也是，戰鬥的時候也經常下些危險的賭注。就結果而言，都因為這個傢伙的技巧派才能發揮作用而成功了……但儘管如此，或許總有一天會直接面臨嚴苛的狀況。

……不加思索就正面衝向敵人的我，好像也沒資格說這種話就是了。話雖如此，我可不想看見好友抱著必死的決心上陣，最後還真的戰死沙場的身影。從這個角度來說，這個傢伙應該需要一個心靈支柱，而且當然是女性為佳。能夠讓男人安心回歸的避風港，我想也就是女人了吧。這是我在開始和莉雅絲交往之後，深切體會到的事情之一。正因為想著一定要活著回到莉雅絲身邊，我才會變得在碰上僵局時，找尋各種活下去的方法。

事情就是這樣，所以我（在蒼那會長以及西迪眷屬的女生們的協助之下）正在策劃將木場和真羅副會長湊成一對。不過至今仍然沒有成果就是了。

「這麼說來，西迪那邊這次好像是要在時間快到的時候，才能參與討論是吧？」

我這麼問老師。蒼那會長他們也表示願意參加聖誕節企畫，但時間實在是搭不上，也一直無法參與討論。看來到時候他們可能得直接上陣了。

「是啊，因為他們正在修復、修繕奧羅斯。即使能夠使用魔力復原外觀，既然有事件發生，那也就得要做好因應的準備才行，所以他們正在重新開始擬定改建方案。」

經過邪惡之樹的襲擊，奧羅斯學園毀了一大半。那個小鄉村也必須重新審視防備措施，而目前已經有士兵進駐負責警備的工作。事件過後，也正式張設了之前提過的反恐術式防壁，所以防禦措施是比之前還要堅固沒錯……但畢竟對手都淨是些狠角色，要是真的遭受到攻擊也不知道會變成怎樣。不過，他們應該也不會立刻再次進攻才對。而被趕出阿格雷亞斯的浮游島居民們，有一部分也在奧羅斯住了下來。

「而且冥界大幅報導那起事件啊。冠上『新生代惡魔英勇對抗恐怖分子，死守夢想與希望的學園！』這種標題的報紙和新聞傳遍整個社會，再怎麼不願意都會倍受矚目。尤其是身為轉生惡魔的你們，和欠缺魔力的塞拉歐格，在面對傳說中的邪龍時都是大放異彩。這對於下級、中級惡魔而言，就像是在看英雄故事一樣。」

正如老師所說的，小朋友的爸爸們在那場戰鬥中存活了下來，而且親眼目睹了實際的戰況。在面對媒體採訪的時候，他們無不興奮地闡述當時的光景。全冥界的觀眾在看了新聞之後，對奧羅斯學園都非常感興趣，知名度已經高到無人不知的境界了。因此，西迪眷屬為了因應媒體的採訪和入學申請就已經忙不過來，無法來這裡開會。

……另一方面，輿論對於阿格雷亞斯遭到搶奪也是大肆撻伐。尤其阿格雷亞斯是排名遊戲的聖地，這點更是讓喜愛排名遊戲的觀眾，以及身為選手的貴族們加以抨擊。此外，冥界的媒體也針對阿格雷亞斯的真正用途連日進行熱烈討論，再加上日前的奧羅斯攻防戰，惡魔們可說是處於同時感受到希望與不安的狀態。

……不過我們也一樣就是了吧。因為知道阿格雷亞斯真正用途的阿傑卡．別西卜魔王陛下，至今仍然沒有聯絡我們。這讓我一直覺得，根據那個東西的真正用途，可能會讓狀況變得非常不妙……

話雖如此，一直掛念這件事也只會讓人裹足不前。因此，這次的聖誕節企畫也是個非常好的轉機。我們固然是對抗恐怖分子的小隊，但像這樣為他人準備驚喜也是很不錯的活動。

我也很想快點和匙來場模擬戰。那個傢伙才剛學會禁手(balance breaker)，好像還沒做好充分的調整。可是，我很想親身體會一下那是怎樣的能力。大概是因為同樣是龍系，又都是鎧甲型態的關係吧。

忽然，老師苦笑著說：

「你們真的很勤奮呢。又是挺身戰鬥，又要上學，還要參加類似這次企畫的活動，同時也要確實做好自己的工作。儘管說是新生代，我還是想稱讚你們一聲優秀啊。」

正如老師所說，我們確實有很多事情要做。但擁有能力的人，就必須使用自己的能力，為他人挺身而出。我還是這麼認為啊……我不希望看見……有人因為我毫無作為而受傷。

之後，我們針對企畫的會議開始進行，也開始試穿當天要穿的服裝。以女生們為中心，大家都嘻嘻哈哈地對聖誕老人服裝提出各種意見，看起來相當開心。

無意間，老師對正在看資料的莉雅絲問：

「莉雅絲，葛瑞菲雅怎麼樣了啊？」

聽老師問起她的大嫂，莉雅絲瞇起眼睛說：

「……狀況似乎很難說。」

現在，葛瑞菲雅正在負責偵訊既是叛亂者，又是親弟弟的歐幾里得．路基弗古斯。由親姊姊親自偵訊或許是有點反常，不過這是因為歐幾里得親自指定了偵訊員——他表示希望由他的姊姊，葛瑞菲雅來負責。

……真是的，戀姊情節也太嚴重了吧。他自從被抓起來之後，就一直在和朝思暮想的姊姊對談。對那個傢伙而言，輸給我們或許也算是值得慶賀的事了吧？

當然，冥界的軍方對於歐幾里得的要求表示難以接受，但多虧高層——瑟傑克斯陛下答應了這件事，也才能實現這樣的姊弟偵訊。

「聽說他本人的心情相當不錯。看來，能和姊姊談話還真是讓他很開心呢。不過，我也聽說嫂子大人的問話方式非常嚴苛，一點也不像在偵訊自己的親弟弟。」

莉雅絲這麼說。要是葛瑞菲雅在這個時候對弟弟心軟的話，可能會讓懷疑「前路西法的左右手路基弗古斯圖謀背叛冥界」的高官們激動起來。還是不留情面地對待他，才最能表現出對魔王和現任政府的忠誠吧。

……事實上，她好像真的對弟弟不帶一絲慈悲之心，相當嚴厲地偵訊他……激怒了葛瑞菲雅當然不可能沒事啦，太可怕了……

老師接著說：

「根據他開始一點一滴對葛瑞菲雅透露的情報來看，新『禍之團（Khaos Brigade）』——邪惡之樹有好幾個藏身之處的樣子。各勢力已經派出探員前往那些據點，應該差不多要開始正式進行突襲了吧。我剛才也接獲歐穆赫撒的報告，他已經對當地成員發出『殲滅』命令了。」

歐幾里得對他的姊姊供出了基地……這是葛瑞菲雅的偵訊起了作用，還是他有什麼企圖嗎？關於這點我們還不清楚……搞不好兩者皆是。

對了，那傢伙持有的冒牌赤龍帝的手甲（boosted gear），聽說已經壞掉了。據老師所言，那很有可能原本就設定成在歐幾里得敗陣時自動毀壞……好像是連一粒塵土也不剩地消失了。

我對老師說：

「不過，應該也很難藉此逮到李澤維姆吧。」

「那當然了。待在藏身處的頂多是最底層的士兵，以及協助他們的那些魔法師吧。主力部隊應該早已轉移到阿格雷亞斯上面了，而那個阿格雷亞斯現在則是下落不明……」

……他們現在的基地是那座浮游島啊。也對，那上頭有一整座都市，應該是個相當不錯的藏身之處。光是裝載的食物、器材、武器，數量應該就不少了。要是他們直接將所有資源納為己用的話，就相當難以對付。

「那麼大的一座浮游島，到底是跑到哪去了啊？」

我這麼問向老師，他摸了摸下巴說：

「大概是透過擬態而融入景色之中了吧。當然，還施加了讓我們搜索不到的術式。」

擬態啊。難不成阿格雷亞斯已經融入天空，並來到這個城鎮的上空……應該不至於吧。

再說了，有沒有辦法整個轉移到人類世界來都還是個問題。不，這種程度的事情，那些傢伙應該辦得到。

「對於阿格雷亞斯知之甚詳的就屬阿傑卡和他的眷屬了，但我們一直連絡不到他們。聽說也有一群絕非善類的傢伙在找他們麻煩，所以忙不太過來。」

看來別西卜魔王陛下的敵人也很多呢。陛下大概不是只有經營遊戲而已吧……

「……老師，關於阿格雷亞斯，你應該有些什麼頭緒了吧？」

聽我這麼問，老師得意地笑了。啊，這是他有所發現時的表情。

「……算是吧。不過，現在說出來也無濟於事。還是正式接收到阿傑卡的報告之後，再來說說我的推論吧。」

……那座浮游島上到底有著什麼東西啊？

——這時，葛莉賽達修女看了一下時間，然後對大家說：

「首先，在這之後我會先帶各位去天界一趟。屆時要確認企畫的內容——也就是禮物，還有米迦勒大人也想趁過年前問候一下各位。」

——！來了來了來了！終於要去天界了！惡魔要去天界——這種不可能發生的事情居然要實現了！哎呀，三大勢力能夠和平共處真是太好了！我一直很好奇啊。在看過冥界的狀況之後，我就一直在想有天使居住的天界會是什麼模樣，真是好奇到不行啊！天上到底存在著什麼樣的世界呢？

「那就這樣吧，代我向米迦勒問好。」

老師只是揮了揮手，沒有要跟著一起去的意思。

「阿撒塞勒老師不去天界嗎？啊——老師的話應該是要問『不回天界嗎？』才對吧。」

老師嘆了口氣：

「事到如今我哪有可能回去啊？但如果可以收拾一下我以前的研究設施，那跑一趟倒也無妨啦。總之，我也會協助你們的企畫，剩下的事情就交給你們年輕人了。」

只留下這番話，老師就離開了現場。

「好了，我們要從地下的魔法陣到天界去了喔！」

莉雅絲一聲令下，我們便走往兵藤家的地下——

好，要去天界啦！

地下的轉移室裡，畫的不是平常那個以惡魔文字羅列而成的轉移型魔法陣。

伊莉娜和葛莉賽達修女擺著祈禱的姿勢，像是在詠唱咒文似地朗誦著一段文字，那似乎是聖經的一個小節……嗯——既然包括我在內的惡魔成員都一副腦袋昏沉的模樣，看來應該是聖經的內容沒錯……

原則上，為了能夠在天界行動，我們事先領到了限定「D×D」成員使用的環圈。放到頭上之後——環圈便發出光芒，並浮了起來。喔喔，感覺好像變成天使一樣！

如此一來，即使有除了天使以外的種族在天界活動，也不會對上帝留下來的「系統」造成太大的影響。畢竟要是知道上帝已經不存在，或是帶有可能對「系統」造成不良影響的因素的人直接通過天界的門，就很有可能會引發各種麻煩。而透過這個光環，就能將這些影響降到近乎為零。

光環裡面詳盡登錄了我們的個人資料，每個都是獨一無二。我得收好，不能搞丟了……

能夠完成如此革新的技術，也是因為有神子監視者和惡魔陣營所提供的技術。要是沒有談和，也不會有這種讓我們進入天界也沒問題的道具問世了吧。進一步來說，這也表示像愛西亞那樣遭逢不幸的人今後會越來越少……嗯，那種悲劇不能再發生了。

戴上這個光環感到最開心的——是愛西亞和潔諾薇亞。

「愛西亞！我、我覺得自己好像變成天使了！」

「是啊！感覺非常光榮！」

對喔，她們是虔誠的信徒，也很崇拜天使，能夠戴上光環應該是得償所願吧。瞧她們樂得神情都亮起來了。

伊莉娜對兩人說：

「那在前往天界之前，我們三個先祈禱留念吧！」

「是！」

「好！」

三人擺出熟悉的祈禱姿勢！頭上還戴著光環！

「「「主啊！」」」

天使愛西亞啊。感覺應該非常適合她啊……！光是想像一下就足以讓我開始傻笑。

……不過，這個讓「D×D」能夠進入天界也不會造成問題的道具啊。應該是假設了天界會出狀況，讓我們到時候能夠順利前往處理，才製作出來的吧……也就是說，天界也在擔心遭受攻擊的可能性。

正當我想著這些時，轉移室當中出現了一扇對開式的大門。看起來像是白堊岩雕成的，非常雄偉。門扉發出吱嘎聲響，緩緩敞開。

「來，各位請進。」

葛利賽達修女示意要我們走進門中，而伊莉娜已經先一步踏了進去。

「快點快點！大家也快跟上！這是通往上面的天使專用電梯！別客氣，快進來吧！」

伊莉娜顯得有些興奮。畢竟這次的聖誕節企畫，她比任何人都還要充滿幹勁呢。看來能夠以天使的身分服務鎮上的居民似乎讓她感到相當開心，也以此為傲。

我們也走進她稱為通往天界的電梯的那扇門，來到一個白色的空間。接著，腳底下就綻放出金色的徽紋！

忽然，我覺得自己飄浮了起來！感覺像是整個人被用力往上彈飛一樣！

剎那間，周圍的景色一變，神聖的光輝籠罩著我們。我環顧了四周——發現自己身在雲端！抬頭一看，是一整片閃耀著白光的遼闊天空！接著，前方又出現了一扇巨大的門！

……才一瞬間，我們就從兵藤家的地下被傳送到這裡來了？在腳底下的徽紋發出光芒的同時，電梯就一口氣上升到這麼高的地方來了啊。

我和愛西亞顯得驚訝不已；相對的，莉雅絲和朱乃學姊就非常冷靜。

驚訝的心情還沒平復，眼前的門就敞開了！

葛利賽達修女和伊莉娜背對著門對我們說：

「「歡迎來到天界。」」

穿越巨大的門——天界的前門之後，看見的是白色的石板路、一整排石砌房舍、浮在空中的建築物，還有長著純白羽翼飛來飛去的天使們！該怎麼說呢，好耀眼啊！一方面也是因為天空閃耀著白光，不過天使、建築物，甚至是我們正走在上頭的石板路，看起來也都像在閃閃發光！

道路上一塵不染。和我們擦身而過的天使都對我們投以好奇的視線，有些天使發現了我們的真實身分，也有些天使沒有發現。

走在前頭帶路的葛莉賽達修女為我們說明道：

「天界總共分為七層。這裡是第一層——稱作第一天的地方，而最上層的第七天則是上帝居住之處。現在只剩下掌管上帝的奇蹟的『系統』存在於第七天，神器(sacred gear)的『系統』也是在那裡。」

這個之前我就聽伊莉娜提過了。第一天是天使們工作的地方，也可以說是最前線基地。伊莉娜和葛利賽達修女基本上都是在這裡值勤，暫時回歸天界時也是回到這裡來吧。

伊莉娜指著浮在空中的建築物（建造在雲的上面！）並說：

「啊！那棟建築物！那是米迦勒大人的『神聖使者(brave saint)』聚集的地方！我也經常到那裡露臉喔！」

是喔——職場是浮在空中的建築物啊，這也太帥氣了吧。

伊莉娜接著說明。她指著正上方說：

「米迦勒大人和各位熾天使都在第六天，那裡也是天界的總部。不過包括我在內的基層天使，主要都是來這裡——第一天的前線基地就是了。」

米迦勒先生在第六天啊。也就是說，我們要去的地方也是那裡囉。

莉雅絲一邊興致勃勃地看著四周一邊說：

「聽說各層的構造和古早以前比起來改變了不少呢。」

「阿撒塞勒老師——神子監視者在墮天之前，好像是在第五天吧。」

潔諾薇亞也接著這麼說。葛莉賽達修女點了點頭，並接著說道：

「沒錯，神子監視者的成員還是天使的時候所在的第五天，據說也曾經作為監禁他們之用。現在那裡成了滿是研究機構的一層，『神聖使者(brave saint)』的卡片也是在那裡製造的。」

這樣啊——老師以前待的地方現在有製造「神聖使者(brave saint)」卡片的研究所啊。這也是一種緣份吧。

我們就這麼帶著觀光的心情邊走邊參觀，不久之後便來到通往上層的電梯前。經過天使警衛的嚴密檢查，通過好幾道厚重的門扉之後，我們搭乘剛才體驗過的電梯，繼續往上。

每往上一層就會出現巨大的門，通過門之後才能繼續前進。或許有點麻煩，不過這也是為了加強天界的警備。每一層似乎都有巨大的門和安全檢查，所以要往上層而去，想必也是要具備相當程度的資格才行。

我們沒看到第二天和第三天的情形。因為狀況和在第一天的時候不同，一通過門就立刻移動到電梯去了。

葛莉賽達修女對沒能看見那兩層的我們如此說明：

「普遍認知當中的天堂存在於第三天。那是最寬敞的一層。由於太過寬廣，甚至就連盡頭在何處都不知道。而對各位非常抱歉的是，要是惡魔前往那裡，很有可能會造成信徒的靈魂開始騷動，所以這次就沒讓各位參觀了。」

天堂是第三天啊。我們已經上到第四天來了。經過天堂而不入，感覺好像怪怪的。而且我們又是惡魔。越過天堂的惡魔——乍聽之下似乎莫名帥氣，但實際上卻是沒見到天堂。那裡是來到天界的靈魂的安息之地，在那邊的靈魂應該也不想碰見惡魔吧。

不過，畢竟有多少神話體系就有多少天堂，這裡也只是「基督教圈」的天堂吧。而且天界也是侍奉「聖經之神」的天使們的住處嘛。

「第四天別名伊甸園。各位應該在亞當與夏娃的故事當中聽過這個名稱吧。」

伊莉娜這麼告訴我們。伊甸園！看起來應該很有樂園的感覺吧？雖然很想見識一下，但是我們也沒在這裡停留，繼續往上。

第五天真的有很多看似是研究所的建築物。這裡也有一些類似人類世界近代建築的建築物，反而有種新鮮感。想到這裡原本是老師工作的地方就讓我產生了興趣……但我們的目的地是在這上面。

就在走進通往第六天的電梯時，葛莉賽達修女像是想起了什麼事情，如此補充道：

「關於天界的規則……這裡不像人類世界和冥界，對於世俗的事物沒什麼抵抗力。」

她豎起食指，如此力述：

「也就是說，禁不起非正派事物的刺激。」

也是，畢竟是天使嘛，應該都被禁止懷有惡意才是。伊莉娜偶爾也會因為情色以外的原因，害得羽翼黑白閃爍，有時候甚至會驚訝地說著：「這點小事也會讓我差點墮天嗎！」

「……總之就是一誠學長必須收斂色色的一面才行。」

小貓尖銳的發言讓我無從反駁！

「是！我會小心，盡量不要冒出情色思想！」

再怎麼樣我也無法在天界做出色色的事情吧！

來到第六天之後，眼前出現大了一號的門和牆壁！牆壁一望無際，門也大到看起來有一百公尺以上！那扇過於巨大的門緩緩敞開，我們便走了進去……門扉簡直像牆壁一樣厚！恐怕要有神級實力的人，才足以破壞這扇門吧。就連我也沒有任何招式能夠貫穿這扇門，即使是真紅爆擊砲大概也無法擊破吧。第六天的門扉，就是厚實到讓我有這種感覺。

通過門之後，出現在前方的——是後方有著金色光環，看似神殿的建築物。

而且整棟建築物不斷散發出神聖的波動，感覺好像只是看著就能得到庇佑！那光亮大到惡魔光是看著就有可能會受傷甚至消失吧！雖然我們也正看著那棟建築物就是了！總之那棟建築物的格局就是如此神聖且雄偉。

走在通往那幢建築物的途中，葛莉賽達修女為我們說明道：

「那裡就是各位熾天使大人居住的地方，也是天界現在的中樞機構——『西布勒』，因此我們也是如此稱呼那棟建築物。而在那更上層的地方——也就是最上層的第七天是禁止熾天使以外的人員進入。所以，我們能夠踏進去的地方也就只到這裡而已。」

——「西布勒」。

那就是米迦勒先生他們所居住的天界中樞！居然可以踏進那種地方……！仔細想想，我在冥界的時候明明都沒去參觀過魔王陛下的職場了，來到天界卻一下子就踏進這種地方。

——正當我這麼想的時候，葛莉賽達修女和伊莉娜轉進途中的岔路，離開了通往「西布勒」的正面大道。

「其實現在『西布勒』正在進行內部裝潢工程，各位熾天使大人分別在別的地方辦公。米迦勒大人在這邊等候各位。」

葛莉賽達修女一邊這麼說，一邊前進。

那棟建築物在進行工程啊……難道是在強化內部，防範恐怖攻擊？

繼續走了幾分鐘，我們來到一處庭園。這裡看起來像是中庭，各式各樣的花草爭奇鬥豔，還有小河流水。

我在小屋的露臺上擺設的桌子旁看見了那位大人的身影。他看見我們，立刻站了起來，並露出柔和的笑容。

「大家好，好久不見了。」

長著金色羽翼的美男子——米迦勒先生！天界的領袖！傳說中的天使長！上次像這樣和他近距離接觸，已經是三大勢力的運動會那個時候了吧。

「好久不見，米迦勒大人。承蒙您這次邀請我們來到這裡，真是萬分感謝。」

以莉雅絲為首，神祕學研究社的成員也都有禮地打了招呼。這種時候可不能失了禮數！我們好歹也是以惡魔代表的身分，接受了招待，來到天上這個重要的地方。

我們被帶到桌邊，在大家依序入座的時候，米迦勒先生問我們：

「各位覺得天界如何呢？」

「該怎麼說呢，總覺得很神聖……」

這是我最真實的感想。

「是個非常美好的地方。如果人類的靈魂在死後會到這裡來，確實會覺得是樂園吧。」

莉雅絲這麼說。她也是越往上一層，就越是好奇地觀察著天界的景緻。

「不過，過世的人類多半都會下地獄就是了呢。」

米迦勒大人還冒出這種天界式的笑話！我都不知道該不該笑了！

「各位別這麼拘謹吶。這裡沒什麼好招待的……但還是請各位慢慢享受吧。」

米迦勒先生舉起手，便來了一位女性天使（超可愛的！）為我們倒茶。天使和惡魔在天界坐下來一起喝茶，應該不是太常有的體驗吧。

「先讓我正式慰勞各位，今年一整年來辛苦了——真是情勢動盪的一年啊。不過，要是沒有各位的話，也真的就不會有現在的天界和冥界了。能夠像這樣在天界和惡魔一起坐著喝茶，在一年前還是無法想像的事情。這也是因為有你們這些一肩扛起下一個世代的年輕人，賭命奮戰所贏得的成果。謝謝你們。」

竟然可以讓天使長像這樣慰勞我們，真是太榮幸了！

「潔諾薇亞之前來過這裡吧。」

「是的，米迦勒大人。當英雄派的首領破壞了杜蘭朵的時候，我到這裡來修劍。」

教會所持有的傳說中的道具當中，在人類世界無法處理的品項，好像都是在天界保管及進行修復的。潔諾薇亞手上的那把王者之劍和杜蘭朵的合體聖劍，也是在每次戰鬥之後都是送到這裡來進行維修保養。偶爾還會看見她上午才把劍送過來這裡，下午就又回到她手上。傳奇聖劍之間的融合還在研究階段，天界這邊也有很多想要檢驗的事情吧。

後來，米迦勒先生提出聖誕節企畫的禮物內容一覽表給我們看，大家就開始交換意見，針對發放方式等項目進行討論，並做出定案。

「這次企畫的提案人也差不多要抵達現場了吧。剩下的事情應該只要和他開會做出最後決定，大概就沒問題了。各位應該也都很忙，還是盡快確認過企畫的內容之後，就回到各自的工作崗位上比較好吧。」

米迦勒先生這麼表示，結束了聖誕節企畫的討論。

這樣啊，回到人類世界——回到駒王町的時候，提出企畫的人也差不多要到了吧。

確認過聖誕節的企畫之後，我們拿出了一個圓形的物體。

「對了，這個是——封印了格倫戴爾的靈魂的寶玉。」

正如我所說，那個寶玉就是在奧羅斯學園防衛戰當中，打倒了格倫戴爾之後，封印了牠的靈魂的東西。在夥伴們的提議之下，我們決定請天界保管，並分析那顆寶玉。

邪龍十分難纏。即使封印到這顆寶玉當中，也難保牠的意識不會洩漏到外頭來。既然如此，不如將寶玉交給擅長處理這類東西的天界，而阿撒塞勒老師也是如此建議。

米迦勒先生接過寶玉之後說：

「我們會和神子監視者合作，嘗試分析並保管這顆寶玉。」

太好了，如此一來這個問題姑且算是安全解決了。

和米迦勒先生開完會之後，我們在和樂融融的氣氛當中繼續喝著茶；這時，有人朝著我們這邊搭話：

「米迦勒大人～～」

是一道尾音拖得有點長的女生的聲音。我順著那方向看了過去——發現了一位頂著一頭微捲的金髮，臉上帶著柔和笑容，態度落落大方的美女！在她背上的羽翼也和米迦勒先生一樣多，身上穿的還是聖誕老人的服裝！

「哎呀，是加百列啊。」

「加百列大人。」

米迦勒先生和葛莉賽達修女都喚了那位美女的名字。

沒錯，那位女士就是天界第一美女！四大熾天使之一的加百列小姐！她還是一樣美到令人目眩神迷！而且身上穿的雖然是不怎麼裸露的聖誕老人裝，還是看得出身材有多麼豐滿！啊，好誘人的大胸部啊！那對胸部裡面一定裝滿了慈悲和恩惠吧！

「哎呀，小葛莉賽達和大家也在啊。上一次見面是那場運動會了吧，各位幸會～」

注意到我們的加百列小姐鄭重向我們打了聲招呼。在她鞠躬的瞬間，豐滿的胸部便不住抖動搖晃！不知道是不是我的錯覺，總覺得那對胸部看起來好像在發光！

既然是熾天使的尊乳，想必充滿了神聖的力量吧。我不禁這麼覺得！

就在這時，剎那間出現了好幾道以天使文字畫成的陣，籠罩住我的身體！這不是魔法陣，應該是天使所使用的，類似結界的東西吧。

「——！這、這是怎樣？怎麼突然冒出像是結界的東西？」

突然出現的結界讓我吃了一驚，卻換來米迦勒先生的苦笑。

「不好意思。要是在天界產生過多的煩惱，那個就會自動展開——簡單來說就是防止墮天的裝置。那原本是為了幫天使抑制高漲的煩惱才會發動……結果對赤龍帝也發動了啊。」

防止墮天裝置！是對我的煩惱產生反應，然後就發動了嗎！也就是說，如果我是天使的話，現在就面臨墮天的危機了？

「……一誠學長剛才用不正經的眼神看著加百列大人的胸口。」

小貓再次尖銳地吐嘈我！是的！我就是沒辦法不去注意加百列小姐的胸部！

加百列小姐本人倒是一副絲毫不在意的樣子，反而對我露出微笑：

「哎呀～惡魔先生真是好色呢。不可以這樣喔！處罰你♪」

她伸出食指，在我的額頭上戳了一下……啊啊，她的處罰方式也太可愛了吧！

正當我在為此感動的時候，結界又多了幾層，還響起了警報聲！

「警報好像變更強了……」

愛西亞也對這種狀況感到困惑。

「……一誠也真是的，冷靜一點好嗎。」

就連莉雅絲也顯得傻眼。

不、不好意思！讓大家看見我丟臉的一面！不知為何，加百列小姐的胸部就是劇烈地觸動了我的心弦！到底是怎麼回事，我好久沒有這種心情了！那對尊乳就是神聖到這種程度！

「哎呀～～這不是一誠老大嘛。」

聽見一道熟悉的聲音，我轉過頭去——看見的是鬼牌・杜利歐。他笑嘻嘻地走到我們這邊來。

「杜利歐，你散完步啦？」

聽米迦勒先生這麼問，杜利歐鞠了躬說：

「啊，是的。真不好意思，在這麼忙的時候還去轉換心情……」

「正因為在這種時候才需要休息啊，而且杜利歐也會幫忙聖誕節的發禮物活動吧？」

「是啊，那當然了。發禮物是我的強項呢。」

喔喔！因為一直沒看到杜利歐，還以為是不參加了，原來他也會參加聖誕節企畫啊。

——這時，葛利賽達修女話鋒一轉，對米迦勒先生建言道：

「米迦勒大人，關於那件事情，是否跟大家說一聲比較好？」

米迦勒先生點了點頭說：

「說的也是，畢竟這和各位也並非完全無關。事情是這樣的，其實，最近發生了教會幹部遭到襲擊的事件。」

——！

……教會幹部遭到襲擊？我覺得好像突然嗅到一絲火藥味。

得知這個消息，大家的神情都嚴肅了起來，認真傾聽。米迦勒先生繼續說了下去：

「而且不只梵蒂岡本部的幹部，就連支部的重要人物也傳出傷亡。詳情目前仍在調查中，但據說有人感覺到邪龍的氣息，因此這恐怕——」

「是邪惡之樹幹的好事，對吧？」

莉雅絲如此接話，米迦勒先生也點了點頭。

「是的，請各位保持警戒。既然不知道他們的目的為何，只要我們一鬆懈，就有可能會被他們趁虛而入——因為他們似乎特別擅長下使詐的棋步呢。」

……邪龍的氣息啊。邪惡之樹在攻擊教會人士……不過他們怎麼說都是恐怖分子，會做出這種事情也沒什麼好奇怪的……但不知道目的何在啊。難道是隨機殺人？這也不是不可能啦，但是……

儘管心中有些許不安，我們還是結束了和米迦勒先生及加百列小姐的會議，踏上回人類世界的歸途。

—○●○—

從天界回來之後，我們從兵藤家的地下轉移室上到一樓（和葛利賽達修女則是在天界分開了）。忽然，一陣笑聲從客廳傳了出來。

大家都有些好奇，便一起前往客廳——發現我老媽正在跟一位中年男子聊天。那是個身穿牧師服裝的棕髮男子……我好像有看過這個人。而且他的髮色……

男子察覺到我們，便露出溫柔的笑。看他的表情，像是認識我一樣。

「我先來叨擾啦。」

男子這麼說著時，有個人從我身邊衝了過去！

「爸爸！」

「喔喔！我的小天使！妳過得好嗎？」

男子和伊莉娜抱在一起！原來啊！原來是這樣啊！難怪我會覺得有看過他啊！

這個人就是伊莉娜的爸爸啊！

伊莉娜開心地擁抱著她的爸爸，同時說：

「當然過得很好！爸爸呢，你好嗎？」

「我當然也很好啊。」

老媽帶著微笑看著他們，同時對我說：

「一誠，這是伊莉娜的爸爸喔，你還記得他嗎？突然回到日本來，真是嚇了我一跳。」

伊莉娜的爸爸對我伸出手說道：

「嗨，兵藤一誠。你還記得我嗎？」

我也回握了他的手，並說：

「印象有點模糊，不過好像記得。抱歉，我那時候還太小了，記憶也不是很清楚……」

「沒關係沒關係，沒什麼好抱歉的。你和伊莉娜當時都還那麼小，記憶中的印象會模糊也是沒辦法的事情。」

紫藤家原本住在附近。我還記得只要去伊莉娜家玩的時候，她爸爸就經常會拿餅乾飲料請我吃，印象中就是個溫柔的好爸爸。當然，伊莉娜的媽媽也很溫柔。這麼說來，伊莉娜的媽媽好像在英國開日式小吃店是吧。聽說伊莉娜的父母都知道她變成天使了。這點和兵藤家就有很大的不同了啊……畢竟我到現在都還沒把自己已經變成惡魔這件事情告訴爸媽。

伊莉娜的爸爸笑容滿面地對我們說：

「我這次是來和伊莉娜一起工作的，不過這件事晚點再說吧。我還帶了土產過來喔。」

聽他這麼說，我們都懂了。

原來聖誕節企畫的提案人……就是伊莉娜的爸爸！

於是我們相談甚歡，後來還一起吃了晚餐。

在飯桌上，伊莉娜的爸爸說了許多伊莉娜的趣聞，而話語當中又帶著炫耀女兒的意思，弄得伊莉娜本人只能滿臉通紅地忍耐著。

「爸爸真是的，何必在一誠的父母面前把我的糗事全都抖出來呢！」

「哈哈哈哈，抱歉抱歉，爸爸只是想聊聊伊莉娜有多可愛而已，一不小心就講太多了，不小心的嘛！」

伊莉娜鼓起臉頰向她爸爸表達怒氣，那模樣真是可愛極了。伊莉娜這生氣的模樣也非常少見，就這一點來說，和她爸爸一起吃飯讓我發現了她新的一面，感覺非常有意義。

「喔！你們從天界回來啦。」

這時，阿撒塞勒老師再次來到兵藤家。

「你就是伊莉娜的父親吧，我是阿撒塞勒。」

「前總督大人……幸會幸會。我是新教會的牧師兼探員，敝姓紫藤。伊莉娜總是承蒙您的照顧……」

伊莉娜的爸爸和老師握手。站在伊莉娜的爸爸的立場，老師既是墮天使組織的前總督，也是女兒的學校的老師啊。

阿撒塞勒老師再次來到貴賓室之後，伊莉娜的爸爸清了清喉嚨，鄭重其事地這麼說：

「那麼，正式來自我介紹一下。我是聖誕節企畫的提案人，紫藤冬二。是英國那邊──新教會的牧師。」

「爸爸以前也是教會的戰士（驅魔師）喔！」

伊莉娜如此補充。牧師啊……這麼說來，天主教會的男性神職人員稱作神父，新教會則是牧師是吧。等等，牧師好像不是神職人員，而是教會人員？不過，宗派不同，稱呼和戒律也會跟著不一樣就是了。只是，新教會的牧師和天主教會的神父不同，是可以結婚的。

「總之，今天就先說明一下這次的提案理由並確認細節，為當天做好準備吧。」

接著，伊莉娜的爸爸開始說起提案的緣由，以及這次企畫的注意事項。不過大部分都是事先已經聽過的事情，所以也很容易理解。至於提案的理由，簡單來說是表達對當地居民的感謝之意，說得更直白一點就是慰問金啦。

這次的說明當中最令我吃驚的，就屬伊莉娜的爸爸竟是新教會那邊的局長這件事了吧！聽說好像是某個支部的高官……原來是個大人物呢！這次之所以沒帶隨扈，是因為這個地方他很熟悉，所以才婉拒了。

聖誕節企畫的概要說明結束之後，伊莉娜的爸爸說著「對了，我還帶了一個土產來」，然後就在皮包裡翻找起東西來。

而他拿出來的東西——是一個門把。門把……為何是門把？就在大家都投以不解的眼神時，伊莉娜的爸爸一邊換著貴賓室的門把，一邊這麼說：

「只要把這個裝到門上就可以了，無論是哪一扇門都行。比方說，這房間的門也可以。

先拆下原本的門把，再把這個裝上去，然後打開門——」

出現在門後的——是一個陌生的大房間！這是怎麼回事？明明是在貴賓室裡面開門，眼前出現的卻不是走廊，而是沒見過的房間！

十坪……不，應該更大。說不定比改裝過後的我的房間還要大。房間裡擺放著天使的雕像和以聖人為主題的畫，這樣的裝飾就很有滿是恩典的感覺。裡頭充斥的氣氛，讓人不禁覺得惡魔光是走進去就會受傷吧。

最驚人的就是擺放在房間中央那張存在感十足的大床，而且還有頂篷！

房間裡沒有太多家具和其他多餘的東西，就只有床、桌椅和時鐘而已。但我一直感覺到一股奇妙的波動。該怎麼說呢，就像是撞見神父時的那種感覺，也很像是天使所散發出來的光力……

正當我們詫異地看著這個房間時，伊莉娜的爸爸說：

「這個房間是為了讓天使和惡魔作人也不會引發任何問題，所打造出來的特別房間。用這個門把，就能連接到這個專用的異空間。」

『——！』

這句話讓大家都為之震驚！沒、沒辦法！這是當然的吧！沒想到這個散發出神聖波動的房間……竟然是可以讓天使和惡魔順利作人的房間……！

伊莉娜的爸爸摟住女兒的肩頭，加強語調地說：

「伊莉娜，別客氣，妳就儘管在這個房間和一誠好好相愛吧！」

「咦……咦——————————————！」

聽見自己的爸爸說出這種完全沒有料想到的話，伊莉娜不禁打從心底感到驚愕地大叫！

面對這出乎意料的事態我們全都無法做出反應，而伊莉娜的爸爸沒有理會我們，只是流著淚開始訴說：

「嗚嗚……當伊莉娜變成天使的時候，我還以為自己再也沒辦法抱孫子，為此也已經死心了呢……！畢竟這也是為了信仰，所以我原本打算捨棄自己的夢想……！然而慈悲為懷的大天使米迦勒大人卻如此用心，給了我這個可能抱得到孫子的機會……！啊啊，這也是主的大愛吧！阿門！」

伊莉娜的爸爸這麼祈禱了一下，然後就代述起米迦勒先生的「金玉良言」。

『天使伊莉娜、兵藤一誠，在這個房間裡做任何事情都不會構成任何問題。請兩位儘管嘗試各種事情。你們是一對年輕男女，應該勇於嘗試、挑戰任何事情。這也是一種信仰。』

…………

……那、那是什麼信仰啦！做什麼事情都可以的房間？啊！對喔，這麼說來，潔諾薇亞和伊莉娜之前在拌嘴的時候曾經提過類似的事情。她們說米迦勒先生為了伊莉娜，也是有所考量的……沒想到竟然真的集合了天界的技術，完成了這樣的一個房間……！冥界和神子監視者的研究走向都不太正常，我原本還以為唯獨天界……唯獨米迦勒先生，肯定會把技術用在正途上！結果期望還是落空了！天界傾全力打造出作人專用房！天使也是把太多能力分在不正經的地方了啦！

伊莉娜的爸爸一邊嚎啕大哭，一邊把手放在我的肩膀上說：

「……一誠，就麻煩你讓我抱孫子了。」

「不、不是，這、這個……」

哪有人突然就提起什麼孫子的……我聽了也不知該如何反應啊……然而，伊莉娜的爸爸根本沒有察覺困惑的我在想些什麼，自顧自地邊點頭邊說：

「嗯！孫子孫女我都可以接受喔！不，應該說我希望你們可以勤奮地作人，讓我孫子孫女都能抱得到啊！啊啊，孫女應該會長得像伊莉娜一樣，非常可愛吧……因為是天使生的小孩，所以應該是超天使！孫子的話應該就會像龍一樣勇猛吧……」

……唉，他已經陷入自己的妄想世界當中了。這種毛病跟伊莉娜一模一樣！他們果然是父女啊！這個人把缺點都遺傳給伊莉娜了啦！

而伊莉娜本人聽了他這麼說的反應則是——

「……笨蛋笨蛋笨蛋笨蛋笨蛋！爸爸是笨蛋！米迦勒大人！您為什麼偏偏就是將這種東

西交給爸爸了呢？討厭死了！我一定會被一誠討厭啦！」

因為太害羞而縮到貴賓室的角落去了。我明白妳的心情喔，伊莉娜。碰上這種情況，再怎樣也承受不吧。而且拿這種東西過來的還是自己的爸爸！這種羞恥玩法也太過分了吧！

「……這個房間真是太創新了。」

「一旦進來這裡之後，要做的就只有一件事了吧……」

莉雅絲和朱乃學姊佩服地不住點頭，表現出深感興趣的模樣！

「……真不想讓姊姊知道這個房間呢。」

「要是黑歌小姐把一誠先生帶進這裡來，一定會將他搾成人乾才肯放出來吧。」

小貓和蕾薇兒也說著這種嚇人的話！

「改天我們也來借用一下吧，愛西亞！」

「……來、來到這個房間就要下定決心對吧！」

潔諾薇亞和愛西亞也是幹勁十足！

「…………死相！倫家怎麼會想到那麼不知羞恥的事情！還太早啦！還太早啦！」

羅絲薇瑟則是一個人紅著臉還猛搖頭！

就在我不知該做何反應的時候——阿撒塞勒老師跑來伸手搭上我的肩膀，還露出一臉邪淫的模樣！

「真是太好啦，一誠！無論是惡魔還是龍，可沒什麼能和天使嘿咻又不會讓她墮天的機會喔！哎呀——人帥真好！」

「咦……話、話是這麼說的嗎……」

我只能露出苦笑，而老師看著這樣的我，並歪了頭。

「…………」

接著沉默了一陣子之後，才開了口說：

「……嗯——我之前就有點在意了……」

老師抓了抓臉頰。

「在……在意什麼？」

我好奇地這麼問，老師便嘆了口氣說：

「自從你開始和莉雅絲交往之後，煩惱就變淡薄了呢。之前你非常渴望色色的事情，但是……或許是因為變成現充了吧，你感覺好像沒有之前那麼好色了。」

「——！」

……感覺沒那麼好色……？我嗎……？

「煩……煩惱啊……」

「最近你在戰鬥中用過洋服崩壞(dress break)或乳語翻譯(pilingual)嗎？呃，當然啦，這兩招都不該太常用就是了。」

「沒、沒有，都沒在用。」

的確，經老師這麼一問，才發現即使是在戰鬥中對上女生，我也沒用那兩招……最後一次用……是在對付英雄派的貞德的時候吧。魔法師群起襲擊的時候，對方對我的招式有所戒備，所以派來的人都沒有女生。

老師似乎感到有些訝異，於是又問了一次：

「嗯？對付紫炎的華波加時你也沒用嗎？那傢伙是女的吧，只要用了乳語翻譯(pilingual)，就可以預知她的行動了不是嗎？」

「…………！我那時……沒有用……」

怎麼會這樣！事到如今我才察覺到這件事情！那個時候，在那個場面！我確實碰上了華波加！雖然那傢伙在對付匙，但我確實也在場！……為了協助匙，我也該施展乳語翻譯(pilingual)才對吧……？為什麼那個時候我沒想到這件事呢？是因為看見了法夫納的糟糕料理教室嗎？不對，如果是不久之前的我，即使發生過那種事情，即使對方是敵人，我應該也會向她的乳房搭話。

——只要胸部就在眼前。

我的雙手不住顫抖。因為我終於發現了自己這樣微妙的變化。

老師擔心地說：

「……喂喂喂，真的假的啊？你的優勢之一，就是在戰鬥中也能夠發揮煩惱之力。你一直以來跨越那麼多生死關頭，不都是因為這樣嗎！不過對方是知名的魔法師，又是神滅具(longinus)——聖遺物(relic)的持有者，起不了作用的可能性還比較高就是了。原來如此，原來你沒有使用乳語翻譯(pilingual)啊。」

……我沒用那招。我連可能會對她起不了作用的這個想法都沒有，面對華波加時，我就是沒有使用乳語翻譯(pilingual)。如果是不久之前的我，大概會興高采烈地想著「既然對手是個女的，那就讓我用乳語翻譯(pilingual)來傾聽她的心聲吧！」然後就出手了吧？

「這或許也是一種成長啦……但也是有男人在得到女人之後，反而變弱的例子就是。我想你應該是沒問題啦……不過大家都在關注你的行動，所以你應該將自己的能力發揮到極限才對，這也包括煩惱在內喔。」

老師如此安慰我，但是……

……難道有了女朋友我就能滿足了嗎？怎麼可能！人稱性慾化身的我，怎麼可能因為有了女朋友就安定下來……！為了成為後宮王，我還有一段漫長的路途要走，甚至到現在都還沒嘿咻過耶！處於這種狀態下，我的心情卻比之前還要平靜嗎！

……世上的高中男生在和我差不多的這時候，就算已經交過一個女朋友也不足為奇！

所以我有女朋友也是再自然不過的事情吧！現在和我以前所處的環境相比，確實有如天壤之別，但儘管如此，我依然不改追求女體的態度！……我自認是……沒有改變啊……

見我變得垂頭喪氣，老師摸了摸我的頭說：

「別那麼沮喪啦，只要再次燃起煩惱之火就行啦。這麼說來……你在上面有沒有見到加百列啊？」

「有、有啊，我見到她了。」

於是老師又露出一臉邪淫的表情說：

「她的胸部很驚人吧？」

「是的！那對胸部非常不得了！」

哎呀——那真是非常驚人！看起來是那麼神聖，感覺又好像帶著某種不知名的力量，害我忍不住盯著一直看！

老師心有戚戚焉地說：

「說到那個啊……我還在天界的時候，也好幾次都想摸那對胸部，每次都搞到羽翼不停閃爍啊。加百列的乳房沒有任何男人摸過，也沒有任何男人看過。據看過的女天使所說——那是號稱至上的尊乳。」

——至上的尊乳。

多麼動人的詞句啊！那怕只能看一次也好，真想見識一下那樣的尊乳！

「我一心覺得，要是能摸到的話，就算墮落了也無所謂啊。」

我很能了解老師的心情！我也一樣啊，要是我是天使出身，如果能摸到至上的尊乳，即使墮落了也無所謂！

……啊！

光是回想起加百列小姐的胸部，我就覺得有些什麼原本快要忘記的事物，好像正一點一滴地甦醒了過來。

老師看著我的反應，也滿意地笑了：

「好個色狼表情。看來，你這趟上天界不是沒有收穫啊。一誠，如果你想讓過往的煩惱再現，至少也得抱持著想要看到那種程度的胸部的願望才行。而且在看過那對胸部之後，或許還能夠悟出某種道理。你現在已經得到前往天界的入國許可了，總有一天，或許能夠達成我未能實現的夢想啊。」

老師摟著我的肩膀，在我耳邊低語：

「——一誠，你要以天界第一的胸部為目標。」

「我、我知道了！總有一天，我要看到加百列小姐的胸部！」

我們師徒倆相擁而泣！

在女生們將好奇心都集中在作人房的同時，我和老師兩個色鬼則是在一旁熱情相擁著。

在見過作人房之後，伊莉娜的爸爸離開了兵藤家，我們則是針對今後的行程稍微開了一下會，內容主要是有關修練和惡魔工作的時間分配。順道一提，伊莉娜的爸爸在離開前受到老師的邀請。

「紫藤局長！接下來要不要跟我去我的部下經營的店啊？」

「可以嗎？太好了——我好久沒回這個鎮上了，正想找個地方晃晃呢。」

「那正好啊——你喜歡胸部嗎？」

「喜歡，最喜歡了。」

「那就沒問題啦！真是的，神職人員還這麼好色！走，咱們去享受駒王町的夜生活！」

「哈哈哈！伊莉娜，這不可以跟媽媽講喔！」

這麼說著，兩個人就消失到夜晚的鎮上去了！阿撒塞勒老師的夜生活外交對象不只奧丁老爺爺，就連基督教人士也包括在內嗎！伊莉娜的爸爸在立刻回答最喜歡胸部的時候，表情看起來超開心的！看來他也是個不得了的色大叔啊！潔諾薇亞甚至說著「不愧是伊莉娜的父親，好像很好色呢」什麼的，一副毫不意外的樣子！

……不過，這件事就先不管啦。雖然我也很想跟就是了。

在確認過行程之後，寒假果然還是沒空和松田跟元濱他們一起玩了。更重要的是，天曉得邪惡之樹會在哪個時間點發動攻擊啊。或許打從一開始，我們就沒時間和朋友去玩了吧。

「那麼，今天就到此為止。大家辛苦了。」

莉雅絲宣布散會之後，今天的行程就告一段落了。今天一下子是為了聖誕節企畫上天界去開會，一下子又是伊莉娜的爸爸來訪，真是事務繁忙啊。身為「D×D」的成員，事件真是有夠多啊。

……忽然，我想到了一件事情，便向正在收拾茶杯的小貓問道：

「……吶，小貓。我是不是沒那麼好色了啊？」

「……學長依然是個大色鬼喔。」

小貓立刻回答。

「我、我想也是。」

既然小貓都這麼說了，那就表示我還是很好色囉。然而，小貓又補充說道：

「但是……」

「但是？」

「我覺得色慾薰心的表情比以前收斂多了。」

「——！」

……就連對於情色特別敏感的小貓，也覺得我的煩惱比以前淡薄了。

……看來，我還是該仔細思考一下才行。我的力量來源淡化了，這很有可能會對今後造成影響，真是太可怕了。嗯——我該怎麼辦才好呢？該找莉雅絲商量嗎？

正當我如此思考的時候，莉雅絲向我搭話：

「一誠，現在方便嗎？」

「……怎麼了嗎？」

「嗯……剛才老家緊急聯絡了我，所以我決定回城裡一趟。」

吉蒙里家聯絡她？原來是要暫時回城裡去啊。

「是發生了什麼事情嗎？」

聽我這麼問，莉雅絲歪著頭說：

「……從他們的口氣聽起來，情況好像不太好呢。畢竟是這種時期，發生什麼事都不足為奇。正好我也想去見嫂子大人一面，所以決定回去一下，最晚明天晚上就會回來了。」

……如果是很要緊的事情當然會想當面直接講，而且既然非得要莉雅絲跑一趟，就表示是要告訴她一些不方便公開的事情吧。雖然有點擔心到底是發生了什麼事，但看來是見得到葛瑞菲雅這點，也讓人放心不少。

「我知道了。那剩下的收拾工作就交給我們吧——順便幫我問候一下葛瑞菲雅。」

聽我這麼說，她也說著「好，我知道了。謝謝。」並露出了微笑。

—○●○—

當天深夜——

「……嗯，一誠……這樣就成功懷上小孩了嗎……？我不太放心耶，再一次……」

在我身旁傳來如此誘人的夢話！

睡在我身旁的朱乃學姊整個人纏在我身上！因為莉雅絲不在，今天晚上是愛西亞和朱乃學姊跟我一起睡！

因為莉雅絲不在，朱乃學姊就穿著透明的性感睡衣鑽到我床上來！聽見身旁傳來那種夢話，我怎麼還睡得著啊！

朱乃學姊到底是夢見什麼了？而我在她的夢裡是又做了什麼啊！我滿腦子都在想這些，完全睡不著！更何況，女體的柔軟觸感正在從我全身上下的每個角落進攻！然而被抱得這麼緊，我又動彈不得！

總之我決定試著同樣抱緊朱乃學姊，但是——

「……啊嗯，一誠真是的……」

她又說著這樣的夢話，然後把我抱得更緊，害我更加無法動彈，簡直就是惡性循環！

嗯——！嗯——！我該怎麼辦才能妥善處理如此毫無防備的朱乃學姊呢！

就在我今天腦筋動得最勤奮的一刻，有人從旁邊戳了戳我。

是愛西亞嗎？我這麼一想，轉過頭去，卻看見愛西亞正睡得非常安穩。於是我心想著到底是誰，便看向四周——

（……噓——）

這時，潔諾薇亞整個人像覆蓋住我一般出現在眼前！她豎起食指，示意要我保持安靜。

（潔、潔諾薇亞，三更半夜的，是怎麼了嗎？）

為了避免吵醒朱乃學姊和愛西亞，我輕聲地這麼問。

（……莉雅絲社長暫時回到冥界去了吧？）

（是、是啊。她去關心一下葛瑞菲雅的狀況，而且好像還有什麼急事，所以她今天晚上會回在那邊去。）

（……愛西亞呢？）

（已經睡著了。）

（……原來如此，愛西亞和朱乃副社長都睡著了啊。）

確認她們兩個都已經熟睡之後，潔諾薇亞跟我說：

（跟我來，我想給你看個東西。）

我好不容易讓朱乃學姊一個人躺好之後，就跟著潔諾薇亞離開了自己的房間。

走出房間，上了樓，來到潔諾薇亞的房門前……深夜到潔諾薇亞的房間啊。她是有什麼企圖呢？

「好了，一誠，開門吧。」

「嗯？」

潔諾薇亞說這種奇怪的話。分明是她自己的房間，卻叫我開門。

不過我還是照她說的，扭了門把開了門。結果——出現在眼前的竟是那間作人房！

「啥！這是……！」

在我向潔諾薇亞問清楚之前，她已經從背後把我推進房間裡了！

隨即響起的是關門的「喀嚓」一聲！我立刻轉動門把，但似乎有一股神祕的力量在外頭運作，讓我開不了門！

「唔、喂！潔諾薇亞！這是怎樣啦！」

潔諾薇亞從門外對困惑的我說：

「既然都難得拿到這種東西了，我想說用用看也不錯。下定決心吧，一誠。人家已經在等你了喔。」

……人家已經在等我了？當我心裡覺得疑惑，並看向後方時——

「…………晚安，一誠。」

看見的是放下了頭髮，而且身穿性感睡衣的伊莉娜！

伊莉娜忸忸怩怩地，顯得有些害臊，並微微低著頭對我說：

「……那個，就是啊……」

聲音聽起來有點緊張的伊莉娜，踏著略顯不穩的步伐，走到床的角落坐下。

「……你過來這邊，我們稍微聊聊好嗎？」

……………就、就算妳這麼說！妳、妳在這個房間穿成這樣，又對我說那種話，到底是要我怎麼辦啊！

但是我又不能後退，也只能前進了吧……

我吞了一口口水，朝著床的方向走了過去……走是走了過去，卻是在床上跟伊莉娜有點距離的地方坐了下來。這舉動連我都覺得自己有點窩囊。

「…………」

「…………」

兩人都不發一語。潔諾薇亞把我帶到這裡來到底有什麼意圖？而且伊莉娜會待在這裡，到底又是什麼意思？

……我想，理由應該很單純吧。但就因為太過直接了，才讓我極為困惑。沒辦法啊，我也是不久前才知道這麼一個房間耶，再怎麼樣我也不會想到，竟然連二十四小時都不到，就會和女生在這裡獨處啊！

而且這個房間還是專為惡魔和天使設計……就、就是，換句話說，是米迦勒先生為了我和伊莉娜所打造的，而身為這個主要目的的我和伊莉娜，現在人就在裡頭啊！

我偷偷瞄了伊莉娜一眼。她身上穿的是性感睡衣。分明平常都是穿著普通的睡衣，今天卻穿得像莉雅絲和朱乃學姊的睡衣那樣……當然也是透明的！上半身更是透明到看得出沒有胸罩，所以……不只是那對渾圓，就連尖端也看得一清二楚！這麼說來，這個傢伙沒穿胸罩的時間也變得越來越多了啊！不，更重要的是，她的胸型果然很漂亮。畢竟是戰士，這讓她該結實的地方都很結實，可是該凸的地方又很有女人味……！

……呼……冷靜一點。最重要的是氣氛啊。就算我真要顯現出色狼本性好了，突然霸王硬上弓也太沒氣氛了，還是先從聊天開始吧。

……對了，就聊那個吧。正好趁現在告訴她。

「小時候我們在聖誕節約好的那件事情，我想起來了啊。」

我對伊莉娜這麼說。伊莉娜一聽，像是忘記了羞怯那般，轉過頭來面向我。

「——我們要一起打倒聖誕老人，兩個人平分所有禮物！是這樣吧？」

聽我這麼說，伊莉娜開心地堆出滿臉笑容說：

「你還記得啊。我原本還以為只有我自己記得，一誠說不定早就忘記了呢。」

伊莉娜高興到眼角都泛淚了。看來，我還記得這件事情，真的讓她非常高興。

「不，其實我真的忘了。可是在和伊莉娜還有大家一起準備聖誕節的活動時，隱隱約約就想起了這件事。」

沒錯，老實說就是這樣。和伊莉娜一起進行準備工作時，我突然想起這件事情，記憶也就跟著復甦了。一邊想著，這麼說來，小時候我好像在寒冷的季節和兒時玩伴——也就是伊莉娜，做過了這樣的約定啊。

伊莉娜想著想著就笑了出來。

「真的是……小時候不知道該說是天真的好，還是無知的好……真虧能想到這麼亂來的事情啊。那個時候和一誠在一起玩的事情，一起想的事情全都跟小男生一樣，真是開心。」

我覺得小時候好像跟伊莉娜盡是做些亂七八糟的事情啊。因為我完全以為伊莉娜是男生，所以跟她出去玩的時候，也都是把她帶去些女生大概不會喜歡的地方。

「城鎮邊緣的公園的樹林之類，廢棄的神社之類，我們經常去這種地方玩呢。」

「嗯。我們還曾經拿著捕蟲網，兩個人一起騎腳踏車到遠方去呢。」

「說是遠方，畢竟兩個小鬼也騎不了多遠，連有沒有到鄰鎮都是個問題啊……」

「可是感覺就像是到了不同的世界一樣，很開心喔。」

「是啊，在不認識的地方的雜貨店買的零嘴……我到現在都還記得那個味道。」

「嗯！像是蒿苣次郎、章魚小蜜之類，我們還分著吃呢。」

啊——仔細回想還是想得起來啊，我以前真的很常跟伊莉娜玩在一起。因為住得近，年紀又一樣，我們好像無論做什麼都在一起。就連聖誕節的回憶也是，可以說是很孩子氣吧，完全就是無知與魯莽的結晶。

聊著聊著，我心念一轉，對伊莉娜說：

「抱歉，我當年沒發現妳是女生。但是住在附近又和我同年，總是一起玩一起耍白痴的伊莉娜，對我而言真的是非常重要的朋友……」

聽我這麼一說，伊莉娜立刻低下頭去……

「…………朋友啊。」

然後冒出這幾個字！啊，說錯話了！我應該更正一下！

「不、不對，是青梅竹馬！對不起，妳明明就是唯一跟我共享兒時記憶的人……」

——但是，伊莉娜忽然輕聲笑了一下，抬起頭看著天花板說：

「說到這個，莉雅絲小姐也問過我這件事呢。」

莉雅絲似乎這麼問過伊莉娜……

——能不能告訴我，一誠以前是個怎樣的小孩呢？

「我想，大概是因為我是唯一知道一誠小時候的事情的人，所以很羨慕我吧。就因為這樣，我和莉雅絲小姐的對話也變多了。不知不覺間，她甚至直接叫我『伊莉娜』了呢。」

這樣啊，所以她們的交情才會好到可以直接用名字稱呼彼此了啊。是在聊著我小時候的回憶時，快速拉近了兩人之間的距離呢。

伊莉娜一臉認真地開始傾訴：

「其實啊，在神祕學研究社的成員當中，就只有莉雅絲小姐讓我有點不知道該如何和她相處。畢竟，她原本是和身在教會陣營的我，水火不容的存在啊。她是惡魔——而且是上級惡魔吉蒙里家的繼任宗主。她是個如假包換的公主，和我這種民間出身的教會戰士是兩個世界的人，這個想法總是讓我有點難以親近她。當然，同是教會出身的愛西亞、潔諾薇亞，和我比較好相處也是真的。」

……原來還有這麼一回事啊。大家表面上看起來都是相安無事地相處著，但其實各自都有不同的想法，只是我沒發現罷了。

然而，伊莉娜帶著微笑說：

「可是，和莉雅絲小姐相處久了才發現，她也是個和我一樣的女孩子啊。會歡笑、會悲傷、會生氣，也會開心……除了年紀比我大一歲之外，她就是個和我同世代，和我一樣的女孩子。我真心這麼覺得。如此一來，我們就有更多話題可以聊了啊。從不知道該怎麼相處的人，變成了重要的同伴、朋友。」

……在我不知道的時候，莉雅絲和伊莉娜的交情起了變化，變得更進一步了。

臉變得更紅的伊莉娜說：

「……和莉雅絲小姐變得更親密之後，我再次體認到一件事情。每每對莉雅絲小姐說起一誠小時候的事情時……在我心中就會有個聲音說著『我不想再說下去了』、『唯有這件事情我希望可以是只屬於自己的記憶』……」

伊莉娜——靠了過來。原本我們之間保持著一段距離，但不知何時，伊莉娜已經靠到我的身邊來了。

「那個聲音還說著——啊，原來如此，我在不知不覺間已經——」

伊莉娜握住我的手。

「伊……伊莉娜？」

我不禁感到困惑。因為……因為伊莉娜突然拉近距離，還拉起我的手啊！

伊莉娜輕輕牽起我的手——往自己的胸口拉了過去。我的五根手指、手掌，全都感受到彈嫩的觸感！我的手全都讓伊莉娜的胸部給包覆了！

啊啊，伊莉娜彈嫩的胸部！光滑又吸附著手的天使肌膚觸感，更讓我的腦袋嚴重麻痺！

伊莉娜的眼神變得迷濛，露出了艷麗的表情。平常總是表現得天真爛漫的她，居然也有如此誘人的一面……！

「……就算這麼做，羽翼也不會閃爍呢。」

正如伊莉娜所說，她背上的羽翼——依然維持著白色！平常要是做出這麼色的事情，伊莉娜的羽翼早就時黑時白地閃爍了……在這個房間裡，惡魔和天使真的可以……？

伊莉娜——把我推倒了！我整個人躺在床上，伊莉娜也跟著趴到我身上來。身上的睡衣凌亂不堪，健美的肢體幾乎全都裸露在外。一頭長棕髮散落在我的臉上，某種香氣竄進我的鼻腔……這種從髮絲散發出來的洗髮精香氣真的很容易讓人喪失理智……！

伊莉娜一臉悲切地低語：

「只要在這裡，我就可以和一誠做色色的事情了……」

她的臉——一點一點緩緩逼近。再這樣下去，我真的要和伊莉娜——

就在我緊張地吞了口水的時候，聽見了一道喀嚓的聲音。

我往門口偷瞄過去，而在門縫之間看到了……有好幾隻閃著好奇眼光的眼睛！從門縫間只看得見半張臉，視線幾乎是緊盯著我們，而且我還聽得見對話。

「……伊莉娜，妳長大了……我都快哭了……！」

「……真的，潔諾薇亞同學，伊莉娜同學真的是……！」

是潔諾薇亞和愛西亞！

「……這個房間，簡直齷齪至極。」

「白音嘴上這麼說，倒也看得很專心喵。」

連小貓和黑歌都來了！

「……最近我也和莉雅絲討論過該如何應付學妹們的猛攻呢。」

「……寡廉鮮恥啊……春光滿堂啊……」

這應該是朱乃學姊和羅絲薇瑟（方言模式）吧！

「……看來這個房間也得納入管理啊，否則行程會整個被打亂。」

「啊呀啊呀啊呀啊呀……天、天使連這種房間都作得出來啊！」

蕾維兒和勒菲也在看嗎！

「一誠，繁殖中？」

連奧菲斯都來了！不可以說什麼繁殖啦！

「妳、妳們幾個——！在偷看什麼啊！」

我忍不住吐嘈啦！伊莉娜也回過神來，連忙拉整好凌亂的衣服。然而，隨後又「噗哧」一聲地笑了出來。

「……我現在知道莉雅絲小姐是怎樣的心情了。這樣確實無法進入狀況呢。」

這麼自言自語之後，伊莉娜對著大家說：

「大家也真是的……要不要索性進來參觀這個房間啊？」

於是，我們就來了一場深夜的作人房參觀會。

這時我才知道，乍看之下雖然看不太出來，不過這個房間竟然連浴室和冰箱都有，甚至連床都是可以旋轉的，而且床頭附近還有七彩照明……

米迦勒先生，你也投入太多不必要的技術了吧……

—○●○—

隔天——

這天，我們在上午致力於訓練之後，下午就為了聖誕節企畫開始行動。

我和愛西亞、潔諾薇亞、伊莉娜、羅絲薇瑟和伊莉娜的爸爸一群人，從我家這邊的車站前往在兩站之外的另一個城鎮。

這個城鎮有大型家電量販店和書種齊全的的書店，我們來這裡先行調查該買哪些禮物。

我們實際確認了正在流行的東西，向店員詢問了各項商品。在聖誕節要發送的禮物也有一部分還沒定案，所以大家決定參考這次調查的結果進行準備。畢竟還是得挑選夠新又有需求的東西當禮物，收到的人也會比較高興吧。沒辦法親自向居民調查這點，還是讓人覺得有點可惜就是……

「真是不好意思啊，讓你們花費寶貴的時間陪我做這種事。」

伊莉娜的爸爸向我們致意。

「不，正好可以轉換一下心情啊。」

「伊莉娜的父親，一誠說的沒錯啊。我們平常不是進行特訓就是工作，像這樣出遠門也是一次很好的經驗呢。」

潔諾薇亞這個傢伙，居然在不知不覺間變得這麼會說話了！這也是為了選上學生會長所習得到的東西嗎……糟糕，潔諾薇亞好像快要變得比我還要有常識了！她的腦袋原本就比我好，只要稍微學習一下立刻就成了才女！人稱無腦劍士的她，感覺已經是久遠以前的事情了啊！不，戰鬥的時候她應該還是只靠火力就是了！

伊莉娜一邊確認備忘事項一邊說：

「再來只剩下服裝要調查了，我們去有賣角色扮演服的商店吧。」

說著，伊莉娜就開始帶路。

聖誕老人服啊……我們的女性成員這麼多，大家當然還是會在意服裝的部分吧。老實說，聖誕老人服看起來都差不多，但我這麼一說……

「去看實際在販售的狀況也可以當成參考啦！」

卻得到了這樣的回答。嗯——既然都已經買來樣品看過了，參考那些不就好了嗎……女人心真難懂。

走在路上，羅絲薇瑟忽然問我：

「對、對了一誠。我、我想問你一個問題當作參考……純粹只是當作參考喔！」

羅絲薇瑟先是如此撇清，然後忸忸怩怩地說：

「在一誠的心目中，女生穿聖誕老人裝的時候……應該傳統的長褲，還是……裙子比較好呢？」

褲子還是裙子啊。既然穿的是女生，那當然——

「那當然是裙子囉！而且如果是迷你裙的話應該會更令人興奮吧！……羅絲薇瑟穿裙子的聖誕裝一定很好看吧。」

聽我這麼回答，羅絲薇瑟的臉變得紅到不能再紅：

「——！真、真是的！這款話嘸通青菜講給查某人聽！」

被、被罵了！而且還是被方言罵！但是，她立刻清了清喉嚨，輕聲自言自語了起來：

「這、這樣啊，果然是裙子嗎。裙子……腿看起來不知道夠不夠細……現在開始準備可能也來不及……還是靠魔法來修飾？可是之前阿嬤說這樣做也矇騙不了男生的眼睛——」

……在奧羅斯學園防衛戰之後，羅絲薇瑟也開始不時詢問起我的喜好。她是說要當成參考意見啦……

前往商店的途中，天上開始一顆一顆落下了雨滴。雨勢立刻加劇，眼見就要變成大雨，我們心想情況不妙，便衝到附近的公園的涼亭裡躲雨。

我們都沒有帶傘。

「我們就在這裡待一下，等到雨停吧。」

羅絲薇瑟這麼說，大家也都贊同她的意見。

「要是鬼牌杜利歐在的話，只要操縱一下天氣，瞬間就會放晴了呢……」

潔諾薇亞半開玩笑地這麼說……但操縱天候這種事情可不能說做就做啊。以杜利歐的能力大概是辦得到，但除了情況危急的時候之外，總不能做出這麼誇張的事情吧。

正當大家在涼亭裡等待雨停的時候，忽然傳出雨中有人踩踏著水前進的腳步聲。

我看向前方——發現有個沒撐傘的人站在雨中。是個一頭黑色長髮的——男人。看見他握在手中的東西，我們立刻將警戒提升到最大。

……因為那是一把散發出不祥波動的劍。

「是邪惡之樹嗎……？」

潔諾薇亞一面從亞空間當中拿出王之杜蘭朵，一面這麼說……雖然下著雨，但這裡是一般民眾也會來的公園。而且太陽也還沒西沉，要是動作太大的話，可不只是引人側目而已。不過話雖如此，我們也不能只是乖乖挨打，而且對方散發出來的還是貨真價實的殺意！

在我們紛紛備戰之際，只有一個人因為那名男子的現身而大感驚訝。

伊莉娜的爸爸渾身發抖，看著男子的眼神像就像是在看什麼難以置信的光景般。

「怎……怎麼可能……！你怎麼會……？」

伊莉娜的爸爸以顫抖的聲音這麼說。而男子——則是露出了令人毛骨悚然的笑容。

「……久違了，紫藤先生……現在該叫你紫藤『局長』了是吧。」

男子一步一步走了過來，在他手上那把劍的波動同時也跟著增強！那股氣焰非比尋常。感覺要是在毫無防備的狀況下遭受攻擊，即使是我們也無法全身而退！

伊莉娜的爸爸向前踏出一步並且大喊：

「果然是你嗎，八重垣……！」

「是的，我得到了一個機會，所以前來制裁你。」

剎那間——男子衝了過來！我以視線追尋他的身影，以全身感受他的氣息！

男子——無聲無息地拉近了距離，揮刀橫掃，攻了過來！我們瞬間做出反應。伊莉娜讓她爸爸和愛西亞退到後面去避難，我和潔諾薇亞則是以手甲和聖劍擋住對方這一劍。羅絲薇瑟也瞬間發動了防禦魔法，提升了我和潔諾薇亞的防禦力。

但儘管如此，我還是感受到十分驚人的破壞力……！或許是因為沒穿鎧甲，那把劍發出的波動震飛了我！而潔諾薇亞雖然遭受波動侵襲卻依然留在原地，直接和男子展開斬擊戰！

潔諾薇亞藉由聖劍的特性提升了速度！她以肉眼難以看清的劍路攻向男子——但對方也跟上了潔諾薇亞的速度，化解了所有的攻擊，並且加以反擊！

——！竟然能夠和潔諾薇亞打得不相上下！潔諾薇亞的每一擊都帶著破壞的特性。對方就像是看穿了這一點似的，從不正面抵擋，而是見招拆招，並欺身上前出擊！潔諾薇亞也都在千鈞一髮之際閃躲開來，並未受到致命傷，但衣服上已經有好幾道裂口了。對方閃開的破壞斬擊轟開了公園的地面，涼亭也是整個被拆得一乾二淨。

「潔諾薇亞！」

伊莉娜也從後方射出無數隻光力之箭，但男子在對付潔諾薇亞的同時，也將那些箭全數給擊落！

我也迅速禁手化(balance breaker)，然後準備伺機發射神龍彈……然而對方似乎不是普通的刺客，我完全找不到破綻。在和潔諾薇亞互砍的同時，他也一直注意著我和羅絲薇瑟，毫無可乘之機。

潔諾薇亞大喊：

「這種劍路……！是曾經學習成為驅魔師的人特有的招式……你是教會的戰士吧？」

聽潔諾薇亞這麼問，男子露出了讓人不寒而慄的笑容說：

「是啊，但要加個『前』字就是了。」

帶自己的爸爸到後方避難之後，伊莉娜舉起量產型聖魔劍大叫：

「你是怎樣！為什麼要找我爸爸麻煩？」

男子看見伊莉娜的白色羽翼，發出「咯咯咯」的詭異笑聲。

「……你的女兒是天使啊。真是夠了，這也是上天所賜的慈悲嗎？還是殺了我和她所得到的獎勵呢……！」

男子的殺意——憎惡變得更加強烈……殺了我和她？他這話是什麼意思……？

聽他這麼說，伊莉娜的爸爸恍然大悟地回應道：

「難不成，史密斯和轟木……到處殺害當時成員的也是你……！」

這番話讓男子放聲大笑。

「……現在就只剩下你而已啊，紫藤局長。」

在與潔諾薇亞對峙的同時，他的注意力依然放在伊莉娜的爸爸身上。我感受到一股強烈到令人難以置信的憎恨之氣。不，從男子身上散發出來的確實就是怨恨，即使說他整個人都籠罩在怨恨之中也不為過。他對伊莉娜的爸爸的恨意到底有多深啊……

我站到兩人之間，並對男子說：

「等等！我是不知道你們之間發生過什麼事情，但你突然就拿刀砍過來是想幹嘛！」

「……讓開好嗎？這是復仇。我得殺掉那個男人，才可能稍微平息心中這股憎惡。」

……他說復仇？伊莉娜的爸爸露出悲愴的表情，為此並沒有否認。

男子將視線移到我身上，接著臉色一沉。

「是赤龍帝啊。看來，我還是得解放這把劍的力量才行……這一帶已經在我不知情的狀況下化為魔境了呢。」

說著，男子將意識集中在手中的劍上。剎那間，刀身上散發出的不祥氣焰膨脹到非同小可的地步，瞬間改變了周遭的氛圍！朝男子落下的雨滴，在碰到他的身體之前就已經蒸發。

一股漆黑且強大的邪氣從男子手中的劍上竄出，顯現成形。從劍上冒出來的——是長了八個頭的巨龍！龍的眼中流下血淚，凶暴的嘴部大張，露出無數的銳利獠牙。

……劍上長出龍來了……！儘管具體成形的部分只有八個頭部，但也已經夠大了！光是八條頸部就有十幾公尺長！每個頭都像是擁有獨立意識一般蠢動著。

伊莉娜的爸爸頓時驚訝地語塞。

「——！八重垣……那、那把劍是……！」

男子——名叫八重垣的那名劍士舉著長出八個頭的劍，並伸出手指滑過了刀身。

「……神靈劍『天叢雲劍』。不過經過改良，現在變成了這副德性就是。」

——天叢雲劍！

我知道那把劍！那是日本神話當中的聖劍吧。聽說現在已經斷了，應該是正在修復才對啊……而且我還是第一次聽說有龍寄宿在裡面！但話又說回來，這種不祥的氣焰和聖劍的截然不同，簡直就像是——魔劍！

之前一直默不作聲的德萊格對我說：

『……搭檔，那是邪龍。』

——邪龍！

我想也是啊。那股邪惡的波動之凶暴，除了邪龍之外我也想不到其他可能性了。

『應該說是寄宿在劍之中的邪龍吧。還有，這種毒氣……』

德萊格似乎對這股氣焰略知一二……

伊莉娜大喊：

「天叢雲劍應該已經斷了，現在正在修復才對！」

「沒錯，而且已經修復了。只是修復的走向不太正常就是呢……從八岐大蛇尾部出現的劍，現在被那隻龍附身了……你們不覺得這很諷刺，也很棒嗎？」

八重垣對我們放話：

「憑著我的憎惡，以及寄宿在這把劍上的傳奇邪龍——『吞食靈妙之狂龍（Venom Blood Dragon）』八岐大蛇的邪氣，我要制裁你們！」

說著，八重垣便舉起那把被邪龍附身的劍，奮力一揮！

八個頭攻向我們！從劍上延伸出來的頭似乎各自獨立，分別攻向我們每一個人！

「唔！」

羅絲薇瑟張設防禦魔法陣阻止邪龍的衝鋒，卻不敵其勁道，往後方彈飛了出去！

攻向潔諾薇亞的頭則是露出銳利的獠牙發動猛攻，試圖咬碎她！

「喝！」

潔諾薇亞向後一跳，同時聖劍一揮，粉碎了那個頭——但那個頭卻在瞬間復活！

「——！頭竟然重生了？」

我還來不及驚訝，另一個頭已經高速攻到我面前！德萊格在我心裡大喊：

『搭檔！八岐大蛇的毒非常危險！絕對別碰到牠的牙齒和血！』

毒——我瞬間回想起薩麥爾的毒，不過再怎麼樣應該也不至於危險到那種程度吧。不過，既然是邪龍的毒，也可不能這樣毫無防備地中招！

我將氣焰集中到右臂，凝聚在一起之後，一口氣發射出去！

——特大級的神龍彈！

正面中了我的魔力彈，八岐大蛇的頭被轟掉了好幾個——但隨即又像是什麼都沒發生過一樣，瞬間就再生了！

這樣下去只是沒完沒了！瞄準持劍的人好了！正當我這麼想，看向對手的時候，卻看見邪龍的頭擋在男子前方護著他……他早就料到我們會攻擊本體了啊！

但那些頭並不耐打，我們的攻擊也能夠轟掉！只要用強大的攻擊一口氣全都轟掉就好！

「妖精們啊！」

我從鎧甲上的各個寶玉呼喚出白龍皇的妖精們(dividing wyvern fairy)。下達指示之後，飛龍們(wyvern)便在空中自由翺翔，在男子周遭就定位。飛龍(wyvern)不時對敵人發動高速攻擊，不過都被躲過了。

但是，準備就此完成。如此一來就能夠以反射和倍增強化神龍彈，一口氣打倒敵人！

「一誠先生！」

愛西亞喊了我的名字。我知道她想表達什麼……大概是要我別太勉強吧。

沒錯，上次我在對付歐幾里得的時候解放了神滅爆擊砲，至今依然受其影響……或許是因為威力太過凶惡且強大吧，那招消耗了我體內大半的龍之力。換句話說，使用飛龍(wyvern)進行倍增可說是相當勉強。在禁手(balance breaker)狀態下使用倍增還在體力的負荷範圍內，但再加上透過飛龍(wyvern)使用倍增的話，以現在的我而言有其限度。

德萊格表示，龍之力要補充完成得花上一個月。也就是說，想在完美的狀態下使用飛龍(wyvern)，並發射神滅爆擊砲的話，還得等上一段時間。一個月一砲……這樣的額度不知道該算是高還是低。當然也得視情況而定，不過對現在的我來說，已經算是不錯了吧。畢竟都已經成功解放威力那麼驚人的招式了。可是，要是在緊急情況下無法使用，那就沒意義了！

我射出小規模的神龍彈！一隻飛龍（wyvern）反射了魔力彈，改變了彈道！其中一個邪龍頭沒有注意到這招，但另一個頭做出反應，張開大嘴咬碎了神龍彈！

有那麼多獨立行動的頭，即使其中一個失敗，其他的也會幫忙掩護。而且儘管進展不快，但邪龍的反應似乎漸漸習慣了我們的速度！羅絲薇瑟的冰箭魔法被躲過，潔諾薇亞的攻擊也在千鈞一髮之際被閃過！我的神龍彈連射也被巨大的火焰抵銷！

——！

我看見奇怪的一幕。其中一個頭——鑽進了地面！

心生不祥預感的我對愛西亞大叫：

「愛西亞——！召喚法夫納——！」

愛西亞立刻準備描繪龍門，但地面隆起，看來邪龍正在鑽地前進！

「休想！」

潔諾薇亞以聖劍發出波動。神聖的波動挖開地面，成功斬斷了鑽地前進的邪龍！但——

即使已經斷開，龍頭依然飛快地衝向前！

『搭檔！只要具有強烈的意志，具現化的邪龍就算只剩下頭也能繼續行動！』

——！可惡！那個頭的目的地……是愛西亞和伊莉娜的爸爸那邊——！愛西亞的召喚看

來是來不及了！

我和潔諾薇亞察覺到情況不妙，準備衝過去，但八岐大蛇伸了好幾個頭過來，擋住我們的去路！

「「少礙事！」」

我們奮力轟掉那些頭——男子卻像是發狂似地大笑！

「哈哈哈哈哈哈哈！我的憤怒及殺害克蕾莉亞之仇！就拿你的靈魂來清算這一切吧！」

邪龍的頭從地面飛竄而出！與此同時，羅絲薇瑟發出了魔法陣！

「休想得逞！」

她的魔法在愛西亞和伊莉娜的爸爸遭到攻擊的瞬間，命中了目標。邪龍的頭炸了開來。

「唔……！」

然而，牠的一顆獠牙繼續往前飛——擦過伊莉娜的爸爸的肩膀！

伊莉娜的爸爸的肩膀受了傷。雖然愛西亞立刻將那傷口治好了，但男子——八重垣露出欣喜若狂的表情，甚至喜極而泣。

「……可以了，這樣就可以了。痛苦吧，痛苦地掙扎吧。」

愛西亞的神器(sacred gear)應該已經治好了傷勢才對，但伊莉娜的爸爸卻當場跪倒在地，整個人劇烈地顫抖了起來。

——是毒嗎！

「爸爸！」

伊莉娜因為自己的爸爸的變化而為之動搖，但還是立刻振作起來，攻向八重垣！

「你竟敢……對爸爸下毒手！」

看見氣到渾身顫抖的伊莉娜，男子露出滿意的表情說：

「……這樣就對了。妳懂了嗎？那就是憤怒啊。重要的人受到傷害時會感受到的情緒。即使妳是天使，親人遭到傷害時也無法不激動吧？」

「…………！」

伊莉娜無法回嘴，而男子只是露出醜惡的笑。

——！這時，有其他人的氣焰正在接近這裡。我看向感覺到氣焰的方向，而出現在眼前的是朱乃學姊、木場、小貓和加斯帕的身影！

「有人感受到邪惡的氣焰並通知我們，所以我們就趕過來了！」

神祕學研究社成員就此集結。男子見狀，開始向後退。他往後一跳，拉開距離。

「……看來要是繼續打下去，就太引人注目了啊。」

說著，男子對伊莉娜的爸爸大喊：

「局長！我一定會找你、天界，還有巴力家復仇！我絕對不會原諒你們！絕對不會！」

我們也在下一刻準備衝上前去，但男子腳下已經在瞬間冒出了轉移魔法陣。

漸漸消失在跳躍之光當中的同時，男子對我們說：

「——你們所在的名為駒王町的樂園，是建立在許多犧牲之上的世界。接管那個城鎮，並繼承了巴力之血的惡魔以及其眷屬啊，你們可要記好這件事。」

看著他離開時所用的魔法陣的徽紋，我們確定了一件事。那個魔法陣——屬於邪惡之樹，也就是說那名男子——正是來自邪惡之樹的刺客。

Life.2 禁忌之事

出了遠門卻在那個城鎮遭到襲擊的我們，帶著負傷的伊莉娜的爸爸，透過魔法陣一口氣跳躍到位於駒王町的，教會陣營所屬的醫療設施。

伊莉娜的爸爸立刻被送去做身體檢查。外傷本身已經藉由愛西亞的能力治好了——但是，問題在於受傷的時候侵入體內的邪龍之毒。

「D×D」的相關人員都聚集在醫療設施當中。

伊莉娜……則是低著頭坐在走廊的椅子上。看樣子不只是因為遭到襲擊所受到的衝擊而已，沒能保護自己的父親，讓伊莉娜的內心受到嚴重創傷。

「……我沒能保護爸爸……變成天使之後，爸爸也為我感到高興，但是我卻沒辦法……保護爸爸……」

「伊莉娜同學……」

愛西亞坐在伊莉娜身邊陪伴著她。

潔諾薇亞……反而沒有靠近伊莉娜。

「面對現在的伊莉娜，我應該會厲聲斥責她吧。但這一定會讓現在的她非常難受，既然如此，現在還是讓愛西亞陪著她比較好。」

她這麼說著——看來是決定交給愛西亞了。潔諾薇亞和伊莉娜之間，有著只屬於她們的獨特情感。而她認為現在並不適合，所以故意置之不理。我覺得這就是潔諾薇亞自己表現體貼的方式吧。

……竟然瞄準離開駒王町的時候發動襲擊啊。真是的，還真難以預測那些傢伙會從哪裡攻過來……！

我們聚集在伊莉娜的爸爸的病房前，這時，有兩道人影靠了過來——是莉雅絲和阿撒塞勒老師。

「抱歉，在這麼重要的時刻我卻不在。」

「事情的經過我都聽說了。我會去找教會陣營進行協商，看要怎麼對付邪惡之樹，以及該如何幫紫藤局長解毒。」

老師就這樣直接朝著走廊深處而去。

在我們告訴莉雅絲現場發生的事情原委時，葛利賽達修女和醫生便從病房走了出來。大家的視線都集中到他們兩人身上。醫生點頭致意之後，便離開了現場。接著，葛利賽達修女對我們說：

「……現在，疑似來自邪龍的毒素，已經侵入局長的身體了。」

聽到這個結論，德萊格以大家都聽得到的聲音說：

『八岐大蛇的毒啊……真是傷腦筋了。雖然不及薩麥爾的毒，卻也很凶惡。置之不理的話，不出數日就會連靈魂都遭受汙染，並且斷氣。而且想必能夠解毒的術士、設施，也是相當有限吧。』

葛利賽達修女也同意了德萊格篤定的這一番話。

「是的，所以我打算等一下就帶局長到天界去。如果是天界的解毒法，即使是八岐大蛇的毒應該也能夠治好，只是——」

「只是？」

我如此反問，葛利賽達修女便打開病房的門說：

「在那之前，局長有話要對各位說。」

我們彼此對看了一眼之後，便接連走進病房裡——

「爸爸！」

看見躺在病床上的父親，伊莉娜立刻撲了過去。

「……對不起，我明明被米迦勒大人選上……明明變成天使了，卻沒能保護爸爸……」

看著流淚懺悔的女兒，父親憐惜地抱著她。

「哈哈哈，伊莉娜並沒有錯喔。而且別把氣氛弄成好像爸爸死定了好嗎？爸爸等一下就會上天界接受治療了，放心放心。」

伊莉娜的爸爸像在鼓勵她，又像在哄她一樣……或許是因為毒素已經傳遍全身了，滿布冷汗的臉龐表現出了他有多麼痛苦……身上也出現了有些肌膚已經變黑的地方。從打在手臂上的點滴流進體內的，想必是抑制毒素擴散的藥吧，但照這個樣子看來也只是杯水車薪。

伊莉娜的爸爸以視線掃過我們之後，以沉重的語氣開了口：

「……在前往天界之前，關於剛才襲擊我們的那個人，我有件事想告訴大家。」

……持有寄宿著八岐大蛇的天叢雲劍的那名男子。

「……他名叫八重垣正臣。在教會裡是有名的戰士，在世時也曾是我的部下。」

「……你說『在世時』，那就表示他現在已經……？」

莉雅絲這麼一問，伊莉娜的爸爸如此回答：

「他已經死了……遭到教會陣營的肅清而身亡。」

『──！』

驚人的事實讓我們嚇了一跳！那個人已經死了……？那為什麼他會出現在那裡？我在心

中自問，但立刻就思及了解答——是聖杯。只要使用聖杯，情況就不一樣了。那個男的透過聖杯復活了，而那把聖劍也是。或許是在強行奪取了之後，再利用聖杯讓邪龍附身在上頭，藉此進行改良了吧。

伊莉娜的爸爸接著說：

「教會幹部……也就是就任司教等職務的人們接連遭到襲擊，這件事各位也知道吧？」

我們都點了點頭。在天界的時候，有聽米迦勒先生報告過這件事。

「那些事件大概都是他幹的好事吧。他有足以做出那些行動的動機。而且遭到殺害的那些人，全都是我以前的同事。」

…………

聽見的事實全都如此驚人，令大家都驚訝失聲……但是，還有一件事也讓我很在意。聽那個叫做八重垣的男人的口吻，似乎對駒王町很熟悉……伊莉娜的爸爸過去也待在駒王町，我想，這其中必定有什麼關聯吧。

伊莉娜的爸爸一時之間沒有再多說什麼。接著莉雅絲嘆了口氣，如此表示：

「其實，現在巴力家的關係人也遭受到了襲擊。」

『——！』

這消息讓我們更加驚訝！惡魔陣營這邊也發生了重大事件啊！包括我在內，大家都因為這個情報而嚇了一大跳！

「……遭到襲擊的，是塞拉歐格身邊的人嗎？」

聽我這麼一問，莉雅絲也點了點頭說道：

「……巴力家本身目前還沒有人遇害，但聽說是現任宗主的友人——大王派的政治家遭到襲擊，而且已經有人因此喪命了。」

……竟有此事，他們家竟然發生了這麼嚴重的事情。

「教會陣營遭到襲擊，惡魔這邊也出現了犧牲者……」

木場喃喃地這麼說著，伊莉娜的爸爸便望著天花板說：

「那也不是偶然吧。他方才會找上我們，就等於是在自曝這件事和他有關。剛才我也說過，他有足以做出這些事情的理由。」

莉雅絲問道：

「……這個城鎮發生過什麼事嗎？在我管理這裡之前的惡魔，是巴力大王家的親戚——也就是我母親那邊的親人。我只聽說是因為和教會發生了一些摩擦而被開除的。」

伊莉娜的爸爸聞言，露出了在驚訝之餘似乎又覺得可以理解的神情。

「……原來如此，惡魔那邊的狀況是這樣啊……教會這邊，表面上的說法也是類似……令尊及令兄都沒提過發生在駒王町的事情嗎？」

「……我認為家父應該不知情，他不是一個會瞞著我那種事的人……至於家兄……以他的立場來講，想必有許多事情要顧慮，所以很難說。只是，等一下巴力大王家將會派遣使者到吉蒙里家來進行說明……感覺就像是想在紙包不住火之前，先行表明保密已久的事情。我也是為了要帶眷屬們一起過去，才會暫時回到這邊來。」

「……這樣啊，看來他們也打算說出來了。既然如此，你們聽大王家說明一切比較好。不過，也讓我先提一些吧。他……八重垣，是和以駒王町為地盤的女性上級惡魔……墜入了情網。」

儘管受到毒素侵襲、痛苦難耐，伊莉娜的爸爸依然摀著嘴，落下斗大的淚珠說：

「那位女性上級惡魔算是彼列家的分家，名叫克蕾莉亞．彼列……我們在駒王町……拆散了他們……！我……即使被他砍殺，也不該有任何怨言吧……！因為他就是有足以殺害我的理由啊……！……八重垣，對不起……！我對不起你……！」

伊莉娜的爸爸泣不成聲。看來埋藏在他心中的真相，似乎是超乎了我們的想像──

—○●○—

確認伊莉娜的爸爸被送上天界之後，我們從兵藤家地下的轉移型魔法陣進行跳躍，抵達了吉蒙里城。

來到這裡的有全體吉蒙里眷屬和伊莉娜。我請蕾維兒在家裡等我們。因為我認為，這次的事情應該盡可能排除非當事人會比較好。畢竟感覺好像就會聽到一些和巴力家——吉蒙里家的祕密有關的事情。

巴力家的使者已經在會客室等我們了。前往會客室的途中，我在走廊上輕聲問莉雅絲：

「……莉雅絲，我可以問妳一件事嗎？」

她點了點頭。

「莉雅絲聽過那個名叫克蕾莉亞．彼列的女惡魔嗎？」

「……不，我聽說之前的負責人，是巴力大王家分家的人啊。我收到的資料上面所記載的也是如此，而我們也實際見過面，還聽對方說了在駒王町的一些經驗談……看來，那些全都是設計好的呢。」

…………

也就是說，莉雅絲事前接收到的情報，全都是捏造的啊。唯一無誤的，就只有在那個地方確實發生過某件很不得了的事情。而且姓彼列啊……所以那個惡魔應該和排名遊戲冠軍，迪豪瑟．比列有血緣關係吧？真是的……到了這個時候才要向我們揭露發生在駒王町的事件的真相，真不知道這個時機該算是最好還是最壞。

……那個名叫八重垣的人，稱呼莉雅絲為「繼承巴力之血的惡魔」。看來對方也知道我們的來頭。李澤維姆他們用聖杯讓他復活之後，大概也將在他死後發生的事情……關於那個地盤的新主人——莉雅絲的情報，都告訴他了吧。

沿著走廊前進，我們終於來到會客室的門前。

莉雅絲敲了敲門，說了聲「父親大人，我們到了」之後，房間裡便傳出莉雅絲的爸爸的聲音，說著「進來吧」。

莉雅絲打開門，鞠了個躬，走進裡面。

我們也隨伺在後，跟著走了進去。只見會客室裡有著裝飾華美的沙發、茶几及暖爐。

「歡迎你們。」

莉雅絲的爸爸站起來迎接我們。而坐在沙發上的——是一位初老的男士。身上穿著貴族服，有著一雙紫色的雙眸以及一頭黑髮。眼神看起來沉穩，卻又讓人覺得強到毫無破綻……渾身上下散發出充滿威嚴的氣息。

……看著莉雅絲的爸爸對待那位男士的舉動，我就明白了。想必他是個階級比莉雅絲的爸爸還要高的人士。

男士稍微揚起嘴角說道：

「幸會，莉雅絲公主。」

莉雅絲的爸爸對自己的女兒說：

「莉雅絲，快點請安。這位是巴力家的——第一代宗主大人。」

『——！』

此言一出，不只是莉雅絲，大家都同樣吃了一驚！巴力家的……第一代宗主？不是現任宗主……而是第一代！也就是名為「巴力」的惡魔的起源！

據稱是巴力家第一代宗主的初老男士，正式對莉雅絲說道：

「妳好，莉雅絲公主。我是捷克拉姆．巴力。我想，不必多做介紹，只要看過聖經和相關書籍，就足以知道我這個人了吧。」

「……幸會。關於您的事蹟……我也都在書上看過了。」

再怎麼說也是第一代巴力，他的現身讓莉雅絲顯得有些畏縮。看來，這應該完全出乎她的意料吧。聽說巴力家派使者過來，原本我也以為來的會是現任宗主的部下或是眷屬。然而現身的卻是超級大人物，第一代巴力！會嚇到也是理所當然！就連我都嚇到說不出話來了！

第一代巴力的視線對上了我們眷屬。

「各位吉蒙里眷屬。關於你們的活躍表現，我也略有耳聞。而且各位似乎相當照顧我們家的塞拉歐格……我在此表達謝意。」

第一代巴力簡短打過招呼之後，立刻談起正題。

「莉雅絲公主，妳想問的是關於原本在那個城鎮的……在妳之前的負責人，對吧？」

驚訝不已的莉雅絲順了順呼吸之後，肯定了對方的提問。

「是的。敵人……協助『邪惡之樹』的人之一說過──要對天界以及巴力家復仇。」

第一代巴力聽了，瞇起眼睛說：

「嗯，這件事該從何說起好呢……」

伊莉娜站上前去，對第一代巴力說：

「求求你，請告訴我們吧。聽說我的爸爸……家父也牽涉其中。現在恐怖分子想要奪取家父的性命……請告訴我們，在那個城鎮究竟發生了什麼事！」

第一代巴力似乎察覺到了伊莉娜的真實身分──是天使。

「……妳是天使啊。既然會牽涉其中，就表示他是教會當時派遣到那裡的探員。難不成是姓紫藤的人類的……？」

「是的，我叫紫藤伊莉娜。紫藤冬二是我的父親。」

聽見這個名字，第一代巴力沉沉地嘆了口氣：

「……這也是某種緣份吧。真是的，自從進入塞拉歐格這個世代之後，許多事情都爆發出來了啊……我先問清楚，妳知道那塊土地和我們之間的關係嗎？」

莉雅絲點了點頭說道：

「是的。那裡現在是由吉蒙里家負責統籌，但以前——聽說自古以來都是巴力家和吉蒙里家共同管轄的地區。」

這件事情我也是第一次聽到。也就是說，在莉雅絲之前……不，從更久遠以前開始，那裡都是巴力和吉蒙里共同的地盤嗎？

「你們正在使用的事物多半都是自古以來由我們經營的，不過主要都是由吉蒙里家準備的就是了。駒王學園也是。不過——有一段時間，為了讓貴族子女學習經驗，我們將那塊土地作為短期出借之用，而那個女孩也是出借對象之一。」

第一代大王以相當有威嚴的低沉嗓音娓娓道來。

——駒王町曾經借給上級惡魔彼列家的分家出身的女惡魔當作地盤。

那就是莉雅絲的上一代負責人。打從這一點開始，就已經和莉雅絲知道的說法不同了。聽說，那個女惡魔還是排名遊戲冠軍迪豪瑟．彼列的堂姊妹。

第一代巴力繼續說了下去。

「克蕾莉亞經營得相當順利，就和其他上級惡魔負責的城鎮常見的狀況沒什麼兩樣。然而，因為一次又一次的巧合，克蕾莉亞開始和人類男性暗通款曲。不，這件事本身並沒什麼好究責的。惡魔和人類暫時維持著男女關係，自古以來都不是什麼太稀奇的事例。」

第一代還如此補充。

——畢竟，他們不過是比我們短命的生物。對於足以永生的惡魔而言，想要逢場作戲時，他們是非常適合的對象。

然而，第一代的臉色稍微嚴肅了起來。

「……但是，對象如果是教會陣營的人類，就另當別論了。」

第一代的視線對準了伊莉娜。

「天使能夠列席於此，也是現在才有可能發生的事情。當時，惡魔和教會出身的人別說是戀愛了，就連會面都是難以想像的事情。若是勾引神職人員，並誘使對方墮落，當成傀儡來使喚的話，那也就算了。真心相愛這種事，可說是禁忌……直到半年前，眼前這些成員大概也不可能像這樣齊聚一堂吧……真是的，今年還發生了真多顛覆價值觀的事情啊。」

第一代巴力苦笑。這時，伊莉娜問：

「……彼列家的女惡魔，和教會的戰士之間……」

「自然是不該發生的關係。我們雙方分別從各自的立場，試著說服他們——但是，他們的情感已經陷得很深了。克蕾莉亞……她玩火自焚，陷入了錯誤之中。再這樣下去，等於就是坐視特例產生。於是我們決定強行拆散他們，而教會那邊也做出了相同決定。諷刺的是，彼此敵對的我們，唯獨在那種時候攜手合作……就因為雙方都有面子要顧啊。呵呵呵，你們不覺得我們和他們的罪孽都一樣深重嗎？」

……我們無言以對。真的假的……在我居住的城鎮，在我曾經度過的時光中，竟然暗地裡發生過這種事情……

莉雅絲問：

「他們兩位……都過世了……是你們肅清了他們吧。」

第一代巴力淡然地說：

「只是到頭來變成那樣了。我們一直到最後關頭都試著想說服他們——但教會方面在忍無可忍之下……不，是我們先出手的也說不定，總之我們雙方都修正了彼此的錯誤。」

最後，那個城鎮一時成了無主的地盤。試圖保護主人的眷屬惡魔也同樣被收拾掉，活下來的則是在收下足夠的「獎賞」之後，被趕到冥界的窮鄉僻壤去了。

教會方面也是，儘管肅清了內部的差錯，卻還是進行了人事異動——也就是清理門戶。待在駒王町教會的相關成員當中和事件有所牽連的，以伊莉娜的爸爸為首，全都被調到海外去了。有些人因為教會施恩而得到幹部的職位；有些人則因為自己親手肅清了同伴，夾在自己內心的正義和對上帝的信仰之間，痛苦不堪。

據第一代巴力表示，米迦勒先生恐怕不知情，就連教會內知道這起事件的人，大概也是屈指可數吧——原本是教會戰士的弗利德和那個巴爾帕·伽利略，似乎也都不知道那裡發生過這種事情，所以第一代巴力所言應該屬實。

……但因為那起事件，讓駒王町的教會陣營相關人士都不復在，結果就成了墮天使進到這個城鎮的可趁之機啊……

……不過，這還真是個殘酷到讓人內心不禁湧上濃烈負面情感的故事啊。只因為人類和惡魔相戀……雖然我不禁這麼想，但我也明白上流階級的世界超乎我的想像。尤其是締結和議之前的冥界……對於重視尊嚴和血緣關係的貴族而言，那肯定是他們極欲湮滅的汙點吧。

……聽了這個故事，讓我打從心底冒出一股無名火……但我又想到了別的事情……如果沒有那起事件，莉雅絲就不會來到那個城鎮，我也不會遇見愛西亞。就結論來說我們是相遇了，但要是沒有那個男子和彼列家女惡魔之間的事……想到這裡……我的心情就非常複雜。

「…………」

從愛西亞的神情看來，她也是既難過又困惑。她大概……不，是肯定和我產生了相同的想法吧。彼列家的女惡魔和那位男劍士之間的悲戀，是那麼令人哀傷，更是種下了延至今日的禍根，讓人很想向巴力家和教會的始作俑者好好抗議一番。但是，我們之所以能夠在那個城鎮度過那些開心的日子，卻也是因為曾經發生過那起事件……

——你們所在的名為駒王町的樂園，是建立在許多犧牲之上的世界。

……男子離去時所說的話，重重壓在我們的心頭。

聽了第一代巴力的話，莉雅絲的爸爸——吉蒙里家現任宗主摸著下巴，低吟了一聲：

「……這件事我還是第一次聽說啊。沒想到小女的地盤竟然發生過這樣的事件……儘管在莉雅絲這一代之前，我們都將那塊土地交給巴力家處置，但在名義上我們也是共同治理的人。至少也該告訴我們一聲吧。」

他的語氣聽起來略嫌不滿，但第一代巴力毫不介意地繼續說：

「對於捏造過去，並將那塊土地介紹給莉雅絲公主這件事，我感到抱歉。但是，那地方發生過那種事件，如果不趁早決定後續人選，就會有人去多做不必要的揣測。」

莉雅絲的爸爸閉起眼睛說：

「前途有望的新生代，是最適合的後續人選……就是這麼回事吧。小女是魔王路西法的妹妹，也繼承了巴力家的血統，是個足以蓋過那個地方不名譽記錄的人才，對嗎？」

第一代巴力輕輕笑了一下。

「即使像現在這樣浮上了檯面，只要是前途有望的新生代，就能夠在曝光之前建立起足以抵銷過去的事件的成就——我原本是這麼打算的，但令嫒實在太過能幹，竟讓那個地方變成了三大勢力和平的代表之地。以結果而言，要抵銷那起事件已經充分過頭了。」

……的確，他的如意算盤打對了。不，甚至是對過頭了。莉雅絲至今持續在那塊土地上建立耀眼的成就，甚至成了新生代的代表人物之一。或許不該這麼說，但即使過去的事件曝光，也不可能足以打倒莉雅絲建立起來的功績。因為那個城鎮已經在三大勢力的合作關係上，占有特殊的地位。就算過去的醜聞浮上檯面，而最後得到的結論只是「事到如今不需要追究」這麼一句話，大概也不足為奇。

然而，莉雅絲搖了搖頭，對第一代說：

「這整件事想必和當時的政治有關，對此我沒有任何意見。但是，為什麼——」

莉雅絲極力抑制憤怒的情緒，想要繼續說下去，但第一代巴力已經替她說出接下來準備脫口的話：

「為什麼要捏造事實？為什麼不說出真相？為什麼要把吉蒙里爵士也蒙在鼓裡——妳是想這麼問吧？」

「…………」

想說的話被對方說了出來，莉雅絲只能不滿地閉上嘴。

第一代毫不在意地說：

「我告訴過瑟傑克斯大人。如果他沒告訴妳的話，那就是他的『情感』表現。這是不容否定的。他不想讓可愛的妹妹知道多餘的情報，多操煩不必要的擔心，妳不這麼覺得嗎？害他在我們巴力家的意思和對妹妹的愛護之間陷入兩難，我感到很抱歉。但是，他的決定在兩者之間取得很棒的平衡點，為此我給予正面的評價。」

這句話似乎點燃了莉雅絲的怒火，她加強了語氣說：

「但是……即使如此！現在那件往事已經爆發出來，還成為恐怖分子的目標了！要是我們事先多少知道相關的情報，或許……或許能夠做出某些預防措施。冥界陣營和教會陣營或許都不會有任何人犧牲……」

聽她這麼說，第一代豪邁地笑了。

「哈哈哈哈，年輕人就是年輕人。我們家塞拉歐格也好，前路西法陛下家的李澤維姆少爺也罷，行動的理由簡直都像人類一樣。」

忽然，第一代巴力的視線——轉到我身上。

「赤龍帝大人。」

「是、是的。」

第一代巴力突然叫了我。他揚起嘴角說：

「——將來，你要不要當當看魔王啊？」

——！

……聽見意想不到的話語，我不知該如何回答。第一代繼續說了下去：

「以你的人氣來說，當上魔王或許也很有意思呢。」

「我、我這種人怎麼可能當魔王……」

我對魔王的印象就是瑟傑克斯陛下。要我成為符合那種形象的存在，那是——

——但是，第一代毫不矯飾地宣言：

「——你可以。畢竟就連我們家的塞拉歐格，都有可能爬得到那個位置了。」

「就連」我們家塞拉歐格……是吧。

「……塞拉歐格應該是繼任宗主吧？」

第一代巴力以點頭回應我的問題。

「沒錯，塞拉歐格是繼任宗主。他很優秀，也受到領民的愛戴——但是，在他繼位之後，我打算立他的弟弟為繼任宗主。塞拉歐格在身為宗主的期間，必須先建立起幾項成就，隨後就要轉任魔王，或是等而次之的職位才行。」

第一代對著在場的所有人斬釘截鐵地說：

「——因為，無論古今，巴力大王家都是由具備毀滅魔力的惡魔繼承宗家。」

……塞拉歐格憑實力搶下了繼任宗主的寶座。但是，那竟然只是「暫時」的嗎……！大王的位子只能讓具備毀滅之力的人繼承——

這時，和塞拉歐格之間發生過的種種，在我心頭浮現。他是個曾經和我拚上性命互毆的男人；是個為了保護奧羅斯學園，為了死守孩子們的夢想，而挺身與邪龍奮戰的男人；是個沒有魔力卻靠其他能力補足，並藉此向前邁進的男人啊……！

「……聽起來像是在說大王比魔王還了不起一樣。」

我以挖苦意味十足的口吻對第一代這麼說。

「一誠。」

莉雅絲也訓誡了我——但第一代只是帶著滿面笑容說：

「莉雅絲公主，無妨無妨——因為他說得沒錯。」

……竟然還不否認啊。

第一代依然淡然地說道：

「自從前任魔王陛下過世之後，暗中撐起冥界惡魔們的並非魔王一族，而是大王家。魔王不過是個『象徵』罷了。」

這下就放話說魔王只是「象徵」啦。對於從遠古時代活到現在的他而言，現任魔王大概也就跟小孩子沒兩樣吧。

「當然，太普通的『象徵』並沒有意義，那必須是兼具力量和領袖特性的惡魔才行。以這層意義而言，瑟傑克斯大人和阿傑卡大人都很適合。他們在接下這個職位之前，也都充分了解我們的看法，和我們大王家陣營談事情的方式也很傑出。站在我們的立場，他們可以說是理想的魔王典範。」

看著如此滔滔不絕的第一代，讓我想到一件事情。經歷過漫長歲月的古代惡魔，總是很容易對於活下去這件事變得毫不在意，精神方面也朝向「無」的境界靠攏。至少我是這麼聽說的。就連李澤維姆也是，他自己也說過，在歐幾里得找上他之前，自己就像無機物一樣。因為活得太久了，對於活下去這件事也就變得沒那麼執著。

但是，也有些例外。比方說，擔任魔法師協會理事的梅菲斯托・費勒斯先生，以及這位第一代巴力，都是絲毫沒有「無」的感覺。他們完全展露出自己的野心……或許，可以做的事情，與要做的事情很多的惡魔，無論活到幾歲都會讓人覺得還在第一線活躍吧。

正如同我的這種感覺，第一代巴力輕輕笑了一下，這麼說了下去：

「李澤維姆少爺和路基弗古斯的遺孤好像闡述了他們心目中的『惡魔』是吧——必須是邪惡的存在啊……呵呵呵呵，真是太年輕了。」

望著我們，第一代巴力——帶著宛如塞拉歐格的銳利眼神，說出自己的想法：

「你們未來會是年輕世代的中心，我希望你們也牢記在心。真正的惡魔，指的是繼承自古代的上級惡魔血脈。除此之外的都是『眷屬』——是僕人，不是真正的惡魔，是『平民』和『轉生者』。惡魔是否邪惡，端看人類和其他勢力的價值觀之變化而定，但我認為邪惡並非必要條件。讓這個貴族社會存續直到永恆，才是『惡魔』該做的事情。」

……他這番話確實很像重視舊有傳統的大王派領袖會有的發言。這樣啊，這樣啊……所謂的惡魔，只限純血的貴族是吧。對於我們和住在冥界的惡魔平民則是全盤否定。但是，對於邪惡並非必要條件這點……我倒是同意。

……而且我還了解到另外一件事情。

闡述自己的思想時，第一代的神情──就和塞拉歐格一模一樣。剛才訴說這段話的時候，讓我深切感受到，這個人果然是塞拉歐格的祖先。儘管想法不同，他們也同樣都是巴力

……不，不只塞拉歐格，這個人還很像我身邊的某個人──

第一代嘆了口氣，站起來說：

「……嗯，年紀一大把了還如此大放厥詞，看來我也被年輕人影響啦。不好意思，我原本只想針對駒王町的事情，說出一切的原委而已……卻讓你們聽了老人家的絮叨。」

第一代巴力苦笑，然後這麼說：

「關於巴力派的人遇害的問題，照理來說我們是應該要派人處理，不過這次就交給你們『D×D』好了。因為好像有人在觀察巴力方面的動向，我認為胡亂行動不是個好方法。」

……他們好像相當警戒呢。

第一代巴力如此表示：

「……沒把發生在那個城鎮的事情告訴各位，真的非常抱歉──那麼，我先告辭了。」

「捷克拉姆大人，我送您出去。」

莉雅絲的爸爸表現出善意，但第一代巴力說著「不要緊」，便拒絕了他的隨行。

走過莉雅絲身邊時，她對第一代巴力說：

「我……愛著列席於此的兵藤一誠。」

——！

對於莉雅絲的告白……雖然出乎意料，還是讓我相當感動。莉雅絲……莉雅絲……！才剛聽地位比自己高的人說過那種話，卻還是毫不畏懼地這麼說……！

第一代也揚起嘴角說道：

「嗯，很好。現在我已經不會否定跨越種族的戀愛了。」

接著第一代巴力看向我。

好，我也要跟著吶喊我喜歡莉雅絲！——正當我如此振奮時……

「兵藤一誠，你好像也有話想對我說。不過，我們還是別在這裡繼續說下去了。」

第一代巴力把手放在我的肩上說：

「——你應該要成為上級惡魔，有話屆時再說也不遲。要是你成功昇格了，就和莉雅絲公主一起到我的城裡來露個臉吧。而且我並沒有像我們家的現任宗主那樣，那麼討厭你和塞拉歐格，反而還覺得你們做得很好。不過，我是舊時代的惡魔。事到如今，我也不想再追求什麼變化了。」

要離去時，第一代留下這麼一句話，才離開了現場。

「阿格雷亞斯無論如何都要搶回來。如果你想成為上級惡魔，更是非得這麼做不可。」

……第一代離開之後，現場的氣氛變得很微妙……明明是舊時代的惡魔，他有些地方卻又像年輕人一樣閃閃發亮的。就算活了一萬年，只要還有抱負，還有想要實現的想法，那麼惡魔也可以活得如此神采奕奕啊。

發生了這種事情，我本來應該要好好抗議一下才對，但現在整個人卻幾乎被第一代的存在感給震懾住了。

「那就是第一代巴力啊。乍看之下很像個老頑固……卻在否定我們的同時，認同了某些部分。和舊魔王派又不太一樣……那就是大王派的領袖啊。」

潔諾薇亞好像也心有所感的樣子。

「……雖然有點凶，態度又高高在上，但感覺好像比吸血鬼的貴族好多了。」

加斯帕似乎也有所領會。他一定是拿祖國的純血貴族和第一代比較過了吧。

莉雅絲的爸爸站到我身旁說：

「或許沒能完全傳達出去，但一誠心裡的想法，那位大人應該都感受到了吧。」

他這麼說著，就像是在勸告自己的兒子一般。

「一誠，你記好。那位大人才是大王派實際上的領袖。在某種意義上，他在政治方面的影響力恐怕比瑟傑克斯還高。畢竟，他是從惡魔創世的時代起，就看著冥界一路走來的大人物，歷練比我們多太多了。如果表面上的代表是瑟傑克斯他們四大魔王，那麼背地裡的代表就是那位捷克拉姆．巴力大人了。」

大王派的領袖啊……而且影響力可能比瑟傑克斯陛下還要強。

莉雅絲喃喃說：

「……大王家的所作所為，就該由繼承大王家血脈的人來解決。之所以會選上我當那個地方的繼任人選，就是這麼回事吧。」

這時我終於想通了。啊，對喔。也難怪我看了第一代巴力的神情及態度，除了塞拉歐格以外，還會覺得很像身邊的某個人。

畢竟那位大人，對莉雅絲來說也是先祖啊——

○●○

聽了第一代巴力的說明之後，我們和莉雅絲的爸爸一起討論今後該如何管理駒王町。最後決定，總之先等進逼而至的危機解除之後，再打聽過去的細節。

明知該起事件卻沒有公開的彼列家（話雖如此，知道真相的也只有上一代宗主和極少數的人，其他人只知道「分家的克蕾莉亞犯了罪」的樣子）。莉雅絲的爸爸將負責去找彼列家交涉，請他們說出詳情。巴力大王家似乎也不打算阻止我們這麼做。第一代都直接來到吉蒙里家了，現任宗主和跟在他身邊的人，也沒辦法插手吧。

不過，那個名叫八重垣的傢伙大概是不會收手的。既然他在攻擊跟巴力家相關的人士，就表示他下一個瞄準的目標也很有可能是莉雅絲。確實是該保持警戒。

離開吉蒙里城之後，我們暫時回到駒王町，將第一代巴力告訴我們的事情轉達給阿撒塞勒老師以及其他夥伴們知道。老師聽了也是一臉難以言喻的表情，之後只說了一句：

「……我固然也覺得他們應該多相信莉雅絲一點，並把事情告訴她才對……但是，締結和議之前，其實還滿常發生這種莫可奈何的事情。」

雖然沒有多說，但老師應該也經歷過各種事情吧。

老師還對莉雅絲這麼說：

「莉雅絲，妳可別怨恨瑟傑克斯。那個傢伙非常天真，可以說是太疼妳了——但是為了和大王派打好關係，除了這個城鎮以外，無法給妳其他的地盤。不過這個城鎮是個好地方。無論是駒王學園，還是其他設備，瑟傑克斯都盡可能為妳安排到最好。」

莉雅絲說：

「我知道。一直以來，我在這個城鎮都過得很快樂，沒有任何匱乏之處……我再次深切體認到，那就是兄長大人的愛。即使兄長大人針對過去的事件捏造了事實，並沒有告訴我真相……但我也沒有絲毫權力去憎恨兄長大人。」

現在的駒王學園，也是瑟傑克斯陛下為了莉雅絲而預先準備好的吧。為了讓她度過安穩且平靜地度過高中生活——

隔天，我們來到伊莉娜的爸爸所在的天界第一天。聽了巴力大人的說明，我們也想聽當事人之一，伊莉娜的爸爸怎麼說。而且他好像也有東西想要交給我們。

第一天的醫療設施參雜著近代的風貌和奇幻的風格，既有人類世界的電子儀器，也有飄在半空中的睡床，文化混雜的程度和冥界不相上下。大概也是和現代的惡魔一樣，嘗試從人類世界採納方便的東西，才會變成這樣吧。

我們被帶到伊莉娜的爸爸的病房。雖然昨天才被送來這裡，但他身上的毒好像已經解了大半，臉色好多了，身上發黑的症狀也變淡了。看來解毒進度相當不錯，真讓人放心。

我們將在冥界聽到的事情告訴了伊莉娜的爸爸。伊莉娜的爸爸只是默默聽著我們報告。

伊莉娜的爸爸坐在床上，對大家說：

「……我們一直到最後都試著說服八重垣。在當時的概念當中……不，即使是現在，這種觀念大概還是很強烈，惡魔和教徒之間的戀愛，終是不被允許的事情。而且儘管是分家，對方也是上級惡魔彼列家的一員……等於是會和彼列為敵。而且說到這一代的彼列……」

「排名遊戲冠軍，迪豪瑟·彼列——號稱實力與魔王並駕齊驅的惡魔。」

聽莉雅絲這麼說，伊莉娜的爸爸也點了點頭：

「……要是失敗了，皇帝(emperor)彼列就會出動。如此一來，事態可能會變成比小規模衝突還要嚴重……不過，惡魔方面對此的立場似乎也是一樣──因為巴力派的惡魔找上了我們。」

──我們合作吧，我方也想低調解決此事。

惡魔陣營也一樣不希望事情演變成戰爭，所以教會陣營──伊莉娜的爸爸他們和巴力派的惡魔，在背地裡締結了短暫的合作關係。而第一代巴力也是這麼說。

最後，在其他人都不知情的狀況下，他們成功地暗中解決了「背叛者」。

伊莉娜的爸爸帶著悲痛的神情對伊莉娜說：

「……伊莉娜，爸爸的雙手非常非常骯髒。骯髒到沒有資格告訴別人自己是天使伊莉娜的父親了……抱歉……瞞著妳這種事情。都怪爸爸不中用，我們才得舉家搬到英國去。要是爸爸能夠更懂處世之道，妳就不需要和一誠分開了……真的非常抱歉。」

面對不斷道歉的父親，伊莉娜搖了搖頭：

「……別這樣，爸爸。我……也是一名戰士。爸爸當時也是別無選擇，這件事情我很清楚……爸爸心裡一定也很不好受吧？所以，爸爸不需要道歉……我會保護爸爸。即使爸爸對於過去抱持著罪惡感，我也只能保護爸爸了──因為，我們是一家人啊。」

「…………伊莉娜。」

女兒的這番話，讓伊莉娜的爸爸摀住眼睛。和伊莉娜同是教會戰士出身的潔諾薇亞，也只是閉眼不語。

……剛遇見愛西亞的時候，莉雅絲也告誡過我「別和教會的人扯上關係」呢。

莉雅絲對伊莉娜的爸爸說：

「過去發生的事情……即使當時雙方陣營都各有要顧及的層面，依然是悲劇一件。話雖如此，既然他借助邪惡之樹的力量進行恐怖攻擊，我們就不能置之不理——一定要阻止他。無論最後的結果會是怎樣，要是現在不阻止他，就只會徒增悲劇與憎恨而已。」

面對莉雅絲的強烈決心，我們也都點頭回應。

伊莉娜的爸爸見狀，也擦乾眼淚，對伊莉娜說：

「我的小天使。其實爸爸這趟回來日本的目的，不是只為了聖誕節的企劃而已。爸爸這次來，是有一樣東西要交給伊莉娜的喔。」

說著，伊莉娜的爸爸拿起放在病床旁邊的一個大盒子，示意要伊莉娜打開。當她打開了之後，只見在那當中的是——

「這是——」

伊莉娜拿出裡面的東西……那是一把靜靜散發著神聖波動的劍。

伊莉娜的爸爸說：

「杜蘭朵原本的持有者是聖騎士羅蘭，而這把則是羅蘭的密友兼兒時玩伴，聖騎士奧利維耶所持有的劍——奧特克雷爾。」

——聖劍奧特克雷爾！

杜蘭朵原本持有者的密友所擁有的劍！對照潔諾薇亞和伊莉娜的關係，這真是有種命中注定的感覺！

伊莉娜的爸爸繼續說：

「據傳，這把劍只有真正高潔的人才能夠碰。而且具備的特性，是在砍了敵人之後，還能洗淨對方的心靈。適性測驗的結果，最適合拿這把劍的人是伊莉娜。當然，似乎是因為妳的因子在成為天使之後得到加強的緣故。而且，根據研究人員的說法，可能是長期待在持有杜蘭朵的潔諾薇亞身邊，並擔任她的搭檔，這多少也有影響。」

聽他這麼說，潔諾薇亞和伊莉娜互看了一眼。既然伊莉娜能夠觸碰那把劍，就代表她已經得到適性了吧。

伊莉娜的爸爸說：

「……伊莉娜，妳用這把劍去阻止八重垣吧。」

收下聖劍，伊莉娜露出堅定的眼神，點了點頭說道：

「爸爸……謝謝！我會阻止那個人的！」

伊莉娜的爸爸這才總算露出笑容。

之後，我們又閒聊了幾句，報告與探病都結束了，大家便走出病房。

忽然，伊莉娜的爸爸對我說：

「……不好意思，能不能請一誠一個人留下來一下呢？我有件事情想對你說。」

聽他這麼說，我以眼神和莉雅絲默默達成共識，並獨自留在病房裡。

……只想告訴我一個人的事情？不知道是什麼……

病房裡只剩下我們兩個人。伊莉娜的爸爸沉默了半晌，然後開口說：

「……一誠，伊莉娜變成天使之後，因為種種特性，無法像一般的女孩子那樣生活。因為天使必須保持潔白、純淨才行。而且她還是天使長米迦勒的A，是再也不可能變回一般的女孩子了。」

……雖然從伊莉娜的表現看不出來，但仔細想想，米迦勒先生的A是非常了不起的職位呢。這對年僅十七歲的伊莉娜而言，或許是非常沉重的負擔。

伊莉娜的爸爸語出凝重之後，微笑著說：

「——可是，現在有了例外。唯有在你面前，她可以當個一般的女孩子。」

伊莉娜的爸爸牽起我的手，如此懇求道：

「一誠，拜託你，請你好好照顧伊莉娜。那個孩子……從小就接觸我的……教會的思想而成長至今。一個女孩子該知道的事情，她多半都不懂。如果有機會能夠讓她知道那些，拜託你……拜託你，讓她好好見識一下，讓她好好感受一下。我相信，伊莉娜和你一定能夠超越思想和立場，好好培養感情。」

「叔叔……」

伊莉娜的爸爸淚流滿面地說：

「……為什麼呢？明明是這麼簡單的事情，我卻沒能夠對八重垣和她這麼說呢……即使他們的關係違反了我們的規矩……為什麼我……什麼也辦不到呢……？」

我把手疊到伊莉娜的爸爸的手上，對他說：

「叔叔，我……無論伊莉娜現在是什麼身分，她都是我最重要的青梅竹馬……最重視的女孩。所以，我會永遠和伊莉娜一起歡笑的。」

伊莉娜的爸爸眼中不斷湧出淚水。

「……謝謝你……謝謝你……」

沒錯，即使我是惡魔，即使伊莉娜是天使，今後我也要和她一起歡笑度日。

「一誠，現在方便嗎？」

離開病房之後，在第一天的休息處小歇時，伊莉娜跑來找我。

我們來到高聳建築物的頂樓。放眼望去，第一天的風景盡收眼底。雖說是天使的前線基地，但是跟人類世界還有冥界的都會區真是像極了。處處是高樓大廈，還有漂浮在半空的建築物。儘管頭上的只是人工製造的光環，卻還是讓我有種只要待在天使的世界，自己也能夠變成天使的幻想。不過，我這個大色狼一點也不適合當天使就是了。

伊莉娜靠著頂樓的扶手向我問道：

「一誠，你還記得我不久前對你說過的話嗎？我說，我開始比較了解莉雅絲小姐了。」

「記得啊，說著我小時候的事蹟，讓妳們的關係就變得越來越好了對吧？」

「自從回到那個城鎮之後，不只和莉雅絲小姐跟前同事潔諾薇亞，還有愛西亞同學、朱乃學姊、小貓、木場同學、加斯帕、羅絲薇瑟小姐、蕾維兒小姐、桐生同學，以及學校裡的其他人，都變成了朋友。對了，就連龍神奧菲斯也都成了我的朋友。」

嗯，伊莉娜和任何人都能立刻聊開呢。即使面對瓦利隊當中看起來最難以親近的亞瑟，她都可以找他說話。我想這也是一種才能吧。

「我知道。伊莉娜總是能在不知不覺間就能和各式各樣的人打成一片，變成朋友。我也很想學學妳那套自然的待人接物方式。」

然而，伊莉娜的表情卻顯得有些黯淡。

「……其實，我內心是一直很擔心著『能順利和這個人成為朋友嗎？』而一直感到很不安喔。但是，我是大天使米迦勒大人的Ａ（ace）。我必須平等對待任何人，必須與他人毫無隔閡才行。因為……我必須盡可能表現出米迦勒大人的慈悲才行。」

必須將米迦勒先生的A具體表現出來才行，是吧。

「可是，我有時候也會這麼想……如果那時我也跟潔諾薇亞一起留在那個城鎮，變成惡魔的話……會不會變得和現在不一樣？是不是可以和神祕學研究社的大家相處得更融洽？」

……確實也有這樣的可能性，這樣的未來吧。

「一誠是惡魔，而我是天使。明明在不久之前我們都還是人類，現在卻已經是不同種族的存在了呢。」

真的，我在四月之前都還是人類，而伊莉娜一直到夏天也都還是人類。

……種族不同了啊……我想，伊莉娜大概是掛念著過去發生在駒王町的那起悲戀事件。發生在不同種族之間的事件——她把那件事套在身為惡魔的我和身為天使的她身上了吧。

「是啊。可是，即使伊莉娜是天使，我也不會管那麼多。我們是青梅竹馬的事實依然沒有改變，在駒王學園是同班同學的這件事情，今後也不會被推翻。」

我直截了當地對伊莉娜這麼說。在知道了那起事件之後，我一直都很想這麼對她說——

「——我和伊莉娜之間，不存在任何禁忌之事。不，即使被當成禁忌，我和伊莉娜依然是青梅竹馬。如果伊莉娜碰上危機，我也一定會去救妳。」

伊莉娜聽了臉一紅，看起來有點開心，但隨即又低下頭說：

「……如果我和莉雅絲小姐都面臨危險，你會救誰？」

「兩個人都會救啊，所以我才會拚命想變強。」

我立刻如此回答。那還用說嗎？莉雅絲和伊莉娜我都會救。這不是理所當然的事情嗎？她們對我來說都很重要——無論是惡魔還是天使，我都不管。

伊莉娜以顫抖的聲音說：

「……我真是卑鄙啊……明知道你會這麼回答，我還是壞心地問了。可是……可是，儘管如此，現在的我還是想問……！」

她用泫然欲泣的聲音這麼說著……我不發一語地將伊莉娜摟到懷中，然後說：

「伊莉娜剛才說的那件事，我這就回答妳。伊莉娜無論是當時變成惡魔，還是現在身為天使，我們的關係都不會改變——今後不管發生任何事，我都會和伊莉娜站在同一陣線。」

啜泣的伊莉娜緊緊抱住了我，以顫抖的聲音說：

「……看來還是一誠比較卑鄙。你怎麼可以……對我說出這種話……這樣……我不就離不開你了嗎……！」

「那妳就一直待在我身邊吧——我們要繼續歡笑度日啊。」

「……嗯……嗯！」

惡魔和天使一直和樂融融地在一起，又有什麼關係？

因為，我們已經活在一個可以這麼做的時代了——

—○●○—

聽說從人類世界上來的葛莉賽達修女有話要說，莉雅絲、朱乃學姊、伊莉娜都離開了。於是剩下的神祕學研究社成員們待在第一天的某個廣場——類似公園的地方，稍事歇息。

愛西亞也在這裡嘗試能否透過龍門(dragon gate)召喚出她新締約的四隻龍。她對那四隻黑色的龍說：

「聽好囉，安瑟莫先生、濟利祿先生、額我略先生、西默盎先生。在天界要守規矩喔。還有，天使們說想要稍微調查一下各位，請各位聽從他們的指示。他們不會對各位做什麼可怕的事情，所以不需要擔心喔。」

『……了解。』

『遵命。』

『ＯＫ……』

『好——』

幾名天使研究員就這樣戰戰兢兢地開始調查愛西亞召喚出來的邪龍。

看著眼前的光景，潔諾薇亞感嘆地說：

「……儘管只是量產型的，但還真沒想到愛西亞能夠馴服邪龍啊。」

沒錯，萬萬沒想到法夫納搞的那個小褲褲料理教室，竟然成功讓四隻量產型的邪龍改邪歸正（？）了！

主要是看著料理過程哭著拍手的那幾隻邪龍，牠們在奧羅斯學園防衛戰之後，主動接近愛西亞。最驚人的是，牠們的邪氣完全消失了。就連阿撒塞勒老師對於這樣的結果也是驚呆了，那反應更是讓我記憶猶新。

……愛西亞就連邪龍都能夠馴服……總覺得她越來越厲害了。邪龍們盯著愛西亞看的眼神，是完全的安心……！愛西亞也帶著聖母般的微笑，撫摸邪龍們。順道一提，牠們幾個的名字都是取自基督教的歷代聖人。以聖人之名為邪龍取名！真不知道該說是信仰虔誠，還是該當心遭天譴……

小貓說：

「……聽說，愛西亞學姊的名字在龍族的世界逐漸傳開來了。因為她是和那個法夫納締結契約的惡魔少女。」

真的假的？龍族基本上是出了名的不理會世俗之事才對，能夠讓這樣的龍族關注她，應該是相當不得了的事情吧……？

木場也接了話：

「我也聽阿撒塞勒老師說，馴服了邪龍之後，可能會讓愛西亞同學的名字在龍族之間迅速擴散開來。因為能夠使喚好幾隻邪龍的，過去只有惡神、邪神之類的存在。」

……愛西亞發揮了神一般的才能嗎！她已經超越我的驕傲，逐漸邁入神的領域了啊……

羅絲薇瑟也說：

「目前行事有如邪神、魔神一般的是李澤維姆就是了……看來愛西亞同學身為馭龍者的才能相當出類拔萃呢。」

未來可能會成為名留青史的傳奇馭龍者吧……不，光就目前的表現而言，也已經是相當不得了。

阿撒塞勒老師也拜託了愛西亞，並開始著手研究量產型邪龍。

……不過，這般稱讚愛西亞的羅絲薇瑟也相當不得了就是。關於666（trihexa）的封印，針對羅絲薇瑟過去所寫的論文進行的調查已經頗有斬獲。目前，她正在和神子監視者（Grigori）共同建構封印術式。聽老師說，繼續這樣研究下去，這將會成為強大的武器之一，在對抗邪惡之樹時也會是一大優勢……當然，要是封印完全遭到解除，那究竟能夠發揮多大的作用還是未知數就是，而今後的研究將會是關鍵。

忽然，潔諾薇亞說：

「……真羨慕愛西亞。」

她看著邪龍，似乎頗為欣羨。愛西亞紅著臉說：

「快、快別這麼說……潔諾薇亞同學也和我一起學習如何與龍先生締結契約如何？潔諾薇亞同學一定也可以和很棒的龍先生——」

「不，我不是這個意思。我是覺得愛西亞受到大家的愛戴。看著被所有人如此敬愛的妳，讓我也很想變成和妳一樣。」

「潔諾薇亞同學比我有魅力多了！」

聽愛西亞這麼說，潔諾薇亞露出微笑。

「謝謝。但我還得繼續磨練自己，讓自己更上一層樓才行，否則大概贏不了明年的學生會選戰吧。」

對喔，過完年馬上就是學生會總選舉了！最近發生太多事情，害我時不時就會忘記學校的活動。

我對潔諾薇亞說：

「這麼說來，現任的學生會成員也會參選對吧……匙好像想選副會長。他說，比起當會長，還是負責輔佐會長的副會長比較適合他的個性。」

那個傢伙果然是如假包換的支援型。不過，他自己也很清楚，那才是他最能夠發揮實力的定位吧。

伊莉娜接著說：

「報名參選會長的，是『主教（bishop）』花戒桃同學對吧。她踏實的構想，以及一直以來在內部協助學生會運作的實績，應該能夠得到學生們大力支持。」

雖然不太搶眼，但花戒同學一直跟在會長身邊，看著學生會運作。她應該會是潔諾薇亞在選戰當中最大的勁敵吧。

潔諾薇亞說：

「一般學生當中也有好幾個人參選，對手還真多啊。」

嘴上雖是這麼說，但鬥志卻在她的眼中熊熊燃燒！

伊莉娜似乎忽然想到了什麼事，便問：

「……假如是非惡魔的人當選的話，學生會的營運會變成怎樣啊？主要的問題當然是我們的真實身分……姑且還是得告訴新會長之類的嗎？」

木場回答：

「對此，莉雅絲社長和蒼那會長好像也在多方思考。包括這些在內，這次的學生會選舉似乎會變得很有意思呢。」

我也和木場一樣，相當期待結果會是怎樣。當然，我是很希望潔諾薇亞當選，但完全預料不到蒼那會長所率領的學生會之後到底將會由誰繼承這點，更是激起了我的好奇心！

愛西亞衝向潔諾薇亞說：

「我會協助潔諾薇亞同學喔！」

伊莉娜也挽住她的手！

「我也是！我絕對會讓潔諾薇亞當選！先從政見白皮書和傳單的內容開始討論吧，今年之內要做出結論！」

潔諾薇亞聽了感動落淚。

「嗚嗚……妳們真是我的好朋友！可靠到我都哭了！」

「潔諾薇亞同學！」

「潔諾薇亞！」

「啊啊，愛西亞、伊莉娜！」

「「「阿門！」」」

喔喔，教會三人組又對天祈禱了！

木場露出溫和的笑容說：

「我們也會聲援妳喔。畢竟同是社員，同是眷屬嘛。」

「沒錯。」

小貓也點頭附和。

——這時，我忽然想到一件事，便趁這個機會問道：

「對了，木場、小貓，你們兩個的魔法師契約進行得如何啊？」

我和勒菲締結了契約，而夥伴們又是如何呢？我是有聽說可能會締結短期契約之類的，但實際上不知道怎樣了。因為最近太忙，都沒問過這件事，所以想趁現在好好問清楚。

「我締結了短期契約。」

「……我也是，還有朱乃學姊也是。不過社長、愛西亞學姊、潔諾薇亞學姊、小加、羅絲薇瑟小姐應該都還沒。」

木場和小貓這麼說。

啊，木場和小貓都締結了短期契約啊。朱乃學姊締結了短期契約我倒是知道——然後，其他人都還沒是吧。

因為好奇，我再次追問：

「那木場和小貓都和怎樣的人締結了契約啊？」

「和我締結契約的魔法師是一個小男生。年紀還是小學生，但好像跳級了。是個非常年輕又優秀的孩子。」

「……我的則是和我一樣大的女生，是個非常有衝勁的人。」

木場和小貓如此回答。

木場那個傢伙，竟然和男生締結契約！找個女生好嗎！而且還是小學生喔……然後，小貓的對象是個很有衝勁的女生。既然和她一樣大，應該也是高中一年級囉。這就讓我有點好奇了……順道一提，朱乃學姊的對象是個文靜的小魔女。

嗯，真想趕快和大家聊聊自己的魔法師。不過，和我締結契約的勒菲那麼優秀，感覺沒有我也可以作出很棒的成果來，反而讓我有點過意不去。要是蕾維兒在這裡，聽見我這麼說一定會罵我吧。不過蕾維兒目前留在人類世界看家。

……莉雅絲她們去好久喔。正當我這麼想，並看著手錶確認時間的時候。

——！天界發生了劇烈的搖晃！

地震？我原本這麼想，但這裡可是天上啊！地面根本不可能搖晃！大家也都和我一樣覺得奇怪，全都抬頭看向四周！調查愛西亞的邪龍的天使們，以及走在路上的天使們都驚訝不已！天竟然會搖晃，看來肯定是發生了什麼連天使也沒想到的事情！

隨即，整片天空冒出好幾道表示警戒的天界文字還不斷閃爍！

「——怎麼了？」

就在我們驚訝之際，天使警衛跑了過來。

「邪龍……邪惡之樹攻進天界來了……！」

天使的報告令我們不寒而慄——

Life.3 D×D在天界一樣出擊！

我們D×D在位於第一天的作戰司令室集合。莉雅絲、朱乃學姊、伊莉娜、葛莉賽達修女，以及在第一天待命的諸位「神聖使者(brave saint)」也都圍著桌子聚集於此。

在中央的桌子上，投射出顯示各層狀況的立體影像。

……邪龍真的在天界作亂！敵人攻進了第二天、第三天、第四天，和天使軍團展開激烈攻防戰！

「敵人似乎是從第三天——信徒的靈魂歸處『天堂』攻進來的！」

「神聖使者(brave saint)」的其中一人如此報告。出現在影像當中的——是巨大的空中都市！就算第三天——天堂，是天界最寬廣的一層好了，冥界的浮游島竟然能夠直接闖進來！大群邪龍從阿格雷亞斯湧現！那裡真的變成牠們的根據地了！

不僅如此，和我們對峙過的強敵也映照在影像當中！

「……拉冬、紫炎的華波加，連克隆·庫瓦赫也在！」

投影出來的，是接連打倒天使的邪龍拉冬和聖十字架的持有者——魔女華波加！他們幾個傢伙，竟然在天界胡作非為！

唯有克隆·庫瓦赫只是化解天使的攻擊，並未積極出招……他一副意興闌珊的模樣，像是虛應故事般戰鬥著。

看著映照出的立體影像，我說：

「邪惡之樹到底是怎麼闖進天界的……？再怎麼樣也不可能像是在冥界的時候那般來硬的吧？」

進入天界的手段應該非常有限才對啊。我聽說闖進這裡的方法，並沒有像進入冥界的方式那麼多。

我表達了疑問之後，桌子的一角投影出一個熟悉的面孔。

『——八成是經由冥府那邊吧。』

是目前在地上的阿撒塞勒老師！莉雅絲問：

「阿撒塞勒，你那邊的情況如何？」

老師搖了搖頭：

『不行，通往天界的入口從我這邊也進不去，沒辦法派救兵上去。』

沒錯，正如老師所說，不知為何，連接天界和人類世界的門已經關上了！從天界這邊打不開，從人類世界那邊也沒辦法。

『原因還是不知道嗎？』

葛莉賽達修女回答了老師的問題：

「是的。現在熾天使大人們也在查明原因，但更重要的是致力降低對第七天的影響……同樣的，天界的所有電梯也都停止運作了。」

面對這出乎意料的狀況，天界的高層們正在強化「系統」所在的最上層——第七天的守護結界。畢竟，要是上面遭到攻打的話，就真的完蛋了。神器(sacred gear)不用說，就連天界和宗教的根基都將瓦解。要是事情真的變成那樣的話……！真令人不敢想像！

「老師！冥府是怎樣……」

我這麼問老師。

『如果想闖進天界，手段也相當有限。要不是像你們一樣走正規路線、穿過大門，就是死後以教會使徒的身分得到迎接。否則，就是從其他地方上去了。』

葛莉賽達修女聽了似乎有所領略：

「——邊獄和煉獄！」

老師點了點頭：

『是啊，那是有別於天堂和地獄，是信徒死後會抵達的地方。邊獄和煉獄都是為了情況特殊的死者所準備的地方，抵達那兩個地方的死者在清淨了身心之後，才會獲准進入天堂。

沒錯，那兩個地方都有能夠進入天界的門——你們知道嗎？』

老師望著大家說：

『邊獄和煉獄，在教會當中——亦合稱「陰間(Hades)」。據說，聖經之神是參考冥府，定義出邊獄和煉獄的……這只是我的推測，但冥府之神黑帝斯那個傢伙很有可能知道，或是創造出入侵邊獄或煉獄的方法。』

一名天使帶著報告現身！

「報告！煉獄通往第三天的門遭到破壞！」

——！所以老師的猜想是對的嗎！

……竟有此事。時至今日，那個骷髏神竟然又跑來插了一腳嗎……！冥府之神是幫了邪惡之樹一把嗎？很有可能！祂那麼討厭惡魔和墮天使！當然也會討厭異己勢力的天界吧！即使邪惡之樹的中心是前路西法之子，若要是為了找我們的麻煩，他會助恐怖分子一臂之力也不足為奇！

葛莉賽達修女說：

「我事前接獲報告……疑似藉由聖杯而復活的傳奇邪龍之一——阿佩普去了冥府。」

莉雅絲摸著下巴說：

「在傳說當中，阿佩普這隻龍和冥府——地獄的關聯性相當強。即使去了冥府也不足為奇……但黑帝斯會白白協助他們嗎？不久之前，祂分明才因為找我們的碴，被兄長大人和阿撒塞勒警告過『沒有第二次機會了』而已……」

黑帝斯因為協助英雄派，讓瑟傑克斯陛下和阿撒塞勒老師相當氣憤，米迦勒先生也深感遺憾。要是祂真的這麼輕易且光明正大地第二次做出類似的壞事，未免也太過輕率了。

老師說：

『……根據歐幾里得供出的最新情報，復活的邪龍當中，開始有幾隻不受李澤維姆控管了。就是克隆．庫瓦赫、阿日．達哈卡、阿佩普這三隻。牠們各個都是怪物等級的邪龍。據說……牠們開始和李澤維姆進行交易。』

「……交易？」

『沒錯，莉雅絲──聽說是「只要答應某些條件，就可以得到自由」。詳細內容還不清楚，但交易內容恐怕是「任何勢力皆可，總之就是要跟神級存在締結契約」這樣吧。其他兩隻還不知道，但至少阿佩普已經和黑帝斯締結契約了。藉此，邪惡之樹也就經由阿佩普透過黑帝斯得到了入侵天界的路線──這是我的看法。』

……這種事情怎能被允許啊……！

我對老師大喊：

「那、那現在是怎樣？邪惡之樹那邊可以拿『阿佩普牠們已經重獲自由』或是『逃跑了』之類的當藉口，說牠們是擅自和神締結契約的嗎！然後黑帝斯也可以說祂只是和逃出來的邪龍締結了契約，並沒有協助邪惡之樹？這種藉口誰有辦法接受啊！太鬼扯了吧！」

就算中間有邪龍經手，我們也不可能容許黑帝斯協助邪惡之樹！

見我如此憤怒，老師瞇起眼睛說：

『……我懂你的感受——但很遺憾的，現在不是追究這件事的時候。我們會從人類世界這邊設法開啟天界之門，你們那邊也想辦法嘗試開門吧。』

老師這麼說完，「神聖使者（brave saint）」都點了點頭，開始行動。

「那些傢伙的目的到底是什麼……？」

潔諾薇亞皺著眉頭這麼說。

「會不會是最上層的『系統』呢？」

愛西亞如此表示，但老師搖了搖頭：

『那裡可不是那麼簡單就能到得了的地方。基本上除了熾天使以外，沒有人能夠踏進去。要是有異物進入，就會被強制轉移到別的地方。而且那種轉移之強大，已經可以說是上帝的奇蹟了。儘管如此，那些傢伙會做出什麼事情還是很難說。也難怪米迦勒他們會優先加強最上層的防護。』

「說得好像親身體驗過了一樣。」

我這麼一說，老師便聳了聳肩：

『是啊，很久以前，我瞞著上帝想要踏進那裡，結果被彈到人類世界的窮鄉僻壤去。我不過只是想要稍微看一下神器(sacred gear)的系統罷了，那個上帝真的很小氣……』

「那邪惡之樹的目的是天界本部的所在，第六天嗎？」

我提出了下一個可能性，但也遭到老師否定。

『……去那裡幹嘛？殲滅熾天使嗎？如果真的做得到自然是一大創舉，但對上所有熾天使，李澤維姆和邪龍們也不可能全身而退。』

「所以他們應該另有鎖定的階層囉？」

『沒錯。就算是他們，以目前的戰力，能夠抵達的階層也很有限……大概是第三天或第四天，不過關了巴別塔相關人士的第二天也不無可能……』

「老師以前待過的第五天呢？那裡現在有研究設施吧？」

『去那裡拿「神聖使者(brave saint)」的卡片嗎？那或許也是他們會感興趣的東西吧。而且那裡還有天界正在進行的研究。』

老師問葛莉賽達修女：

『……葛莉賽達，位於第三天的生命之樹，還有第四天，也就是伊甸園的智慧之樹，現在狀況怎麼樣了？』

「……兩棵樹本身都還好好的，但很久沒結果了。在上帝過世之後，果實的生育就一直處於停滯的狀態。」

老師聽了陷入沉思。

「……老師？」

我疑惑地這麼問，但老師只是喃喃自語：

『「邪惡之樹」即為生命之樹的倒置。以此為名的他們，會以生命之樹為目標也不足為奇。而且要是有那兩棵樹的果實，想必能急遽加快666（trihexa）的解除封印進度……或者以此為籌碼，和其他勢力心懷不軌的神級存在進行談判，也不是沒有可能……』

在我們還沒搞清楚敵人的目的之前，桌上投影出某種影像。

——那個持有天叢雲劍的男人，踏進了位於第五天的研究所附近！

葛莉賽達修女見狀，臉色一沉：

「…………不好了，為了解毒的最終階段，紫藤局長目前人在第五天！」

『——！』

聽見這個驚人的事實，大家都嚇了一跳！

伊莉娜凝視著影像，然後大叫：

「……爸爸！」

沒錯，這下糟了！那個人想奪取伊莉娜的爸爸的性命！再這樣下去，那個名叫八重垣的男人肯定會——

莉雅絲對著大家喊話！

「——我們走吧！不管怎麼說，我們都不能一直待在這裡，什麼反擊也不做！我們可是反恐小隊『D×D』啊！我們就一路往上爬，並在路上和天使們並肩作戰，一同打倒那些邪龍吧！」

莉雅絲對伊莉娜說：

「伊莉娜，妳直接到第五天去！我們幫妳開路！」

如此可靠的發言讓伊莉娜差點就哭了出來，並使勁地點了頭：

「好！我是米迦勒大人的Ａ(ace)！我要打倒邪龍們，並救出爸爸！」

好！我不知道對方的目的是什麼，但是我們的目的非常清楚！就是打倒攻進天界的那些傢伙，同時拯救伊莉娜的爸爸！

『等到天界之門一打開，我也會立刻派救兵上去！你們好好加油啊！』

『收到！』

老師這麼說，大家也都如此回應！

天界防衛戰就此展開！

想前往第五天，就必須通過每個階層的門才行。然而，從第三天攻進來的敵人已經占據了通往第三天和第四天的門，甚至就連第四天的後門也被他們攻陷了！也就是說，目前第二天到第五天都遭到攻占！第二天因為距離前線基地第一天很近，所以天使的軍隊還能夠苦撐，但根據葛莉賽達修女他們的看法，第三天到第五天恐怕都是邪惡之樹占上風。至於天使的大本營第六天，因為有米迦勒先生和幾位熾天使在，敵人還無法入侵。我們剛才也接獲報告，已經有熾天使帶著部下前往第五天了。

不過，邪龍的數量怎麼看都比奧羅斯防衛戰那時多出許多。由於人類世界通往這邊的門遭到封閉，救兵也上不來，我方只能靠留在天界的戰力對付邪龍了。

我們從第二天的前門開始突擊，朝通往第三天的門衝了過去。因為通往各階層的電梯也已經停擺，想要往上就只能直接通過各階層才行。

第二天是一片黑暗的世界。據我所知，這裡主要是觀測星象的地方，而犯了罪的天使也被幽禁在這裡。

這裡一片無止盡的黑暗，感覺一點也不像是天界。只是，天上就像星象儀一樣滿布了星星，在星光的照耀之下，這裡也並非完全的黑暗。不過我們身為惡魔，即使在暗處，視野也一樣清晰就是了！

「讓開！」

「喝！」

我們一面撂倒邪龍，一面前進！途中還看見「神聖使者（brave saint）」他們組成陣形，上前對抗大群邪龍！

「上吧！『神聖使者（brave saint）』組織陣形！隊形！葫蘆！」

「「「「喝！」」」」

隨著吆喝聲，牌的號碼浮現在空中，並散發出光芒！剎那間，龐大的光力籠罩住「神聖使者（brave saint）」們，散發出足以傳達到我們身邊的強大波動！

組成葫蘆牌形的「神聖使者（brave saint）」衝向大群邪龍，一舉葬送了牠們！攻勢的威力非同小可，一擊就轟殺了十幾隻邪龍！量產型邪龍也是具備相當的實力，剛才的攻勢卻足以同時打倒好幾隻，十分驚人！那就是「神聖使者（brave saint）」的特性！只要組成各種撲克牌遊戲當中的牌形，能力就可以得到爆發式的提升！

一名「神聖使者（brave saint）」在空中對同伴大喊：

「同樣花色的一起行動！組成特定牌形，一舉殲滅敵人！」

「「「「同花順！」」」」

強大的牌形再次攻向成群的邪龍，擊殺敵人！

葛莉賽達修女停下腳步，對我們說：

「我留在這裡指揮戰線！」

說著，修女便對「神聖使者（brave saint）」發出號令：

「連續使用強力牌形的時候要留心！會瞬間消耗大量的體力和光力！」

我們順應葛莉賽達修女的好意，繼續向前衝！

接著就來到即將看見通往第三天的門的地方。就在這個時候，黑暗當中冒出一個散發出邪氣，擋住我們去路的身影。

『哎呀，真是久違了。』

那是好幾棵樹幹堆疊而成的異樣生物。出現在我們面前的，是長得像龍的樹——不，是邪龍拉冬！

牠的身邊還跟了一群邪龍大軍，就連門都完全被邪龍堵住了！

『請你們陪我玩一下吧。』

拉冬的語氣雖然輕佻……但看起來是認真的。那個傢伙身上散發出來的黑暗氣焰逐漸增強。牠的眼睛在臉上的凹洞當中發出紅光！剎那間，我們被類似肥皂泡泡的東西包圍住了！

——是那傢伙的結界！

這個東西無論怎麼破壞都會瞬間復原，非常難搞！我在之前的戰鬥當中，也是因為這個而陷入苦戰！而這次不只我，就連夥伴們都被包圍了！

「唔！」

「雕蟲小技！」

木場和潔諾薇亞揮劍破壞結界——但結界立即復原，讓他們無法脫身！這個東西還是一樣麻煩！不過這次有技巧派的木場和擁有最大火力的莉雅絲在，應該不至於無法對付牠！但現在事態緊急，分秒必爭！要是被這個傢伙拖住太久的話，伊莉娜的爸爸——

伊莉娜的想法肯定也和我一樣，只見她焦急地拿著父親交給她的奧特克雷爾胡亂揮舞：

「可惡！別礙事！再不快點趕過去的話，爸爸他……！」

然而，無論破壞了幾次，拉冬的結界依然立刻復原，簡直沒完沒了！

「既然如此，只好連源頭一起消滅掉了。」

莉雅絲的手上發出異樣的光芒！她打算使出那招消滅魔星（extinguish star）吧！那招確實有辦法將結界連同拉冬一起解決掉才對。但是，那個傢伙不可能坐視不管！

『休想出招。』

拉冬的眼睛閃爍著詭異的光芒，以結界包覆住莉雅絲的手！毀滅魔力隨即消失！這個傢伙果然是力量型的天敵！一口氣封鎖了所有的招式！

事到如今，我也不能有所保留了！

為了穿上鮮紅色的鎧甲，我開始詠唱咒文。就在這個時候——

一道閃光落在我們和拉冬之間！

瞬間，包圍住我們的結界遭到解除，而且沒有再復原！

我們的視線集中到前方。映入我眼中的，是一把散發出神聖波動的長槍。

「——赤龍帝，還有吉蒙里眷屬……你們還是一樣只靠蠻力啊？」

——！

看見那個男人現身，令我們打從心底大吃一驚。一名披著漢服的年輕男子，拔起了那把散發神聖波動的長槍。他拿著長槍敲了敲肩膀，站到拉冬面前。

拉冬瞇起紅色的眼睛說：

『——在這種時候來這招啊，居然是聖槍……』

沒錯，出現在我們面前的正是聖槍！神滅具（longinus）之一的「黃昏聖槍（true longinus）」！上次在奧羅斯學園防衛戰當中，那把長槍也突然落在戰場上！

然後，這次就連持有者都現身了！

「——曹操！」

我叫了那個男人的名字！

出現在我們面前的，是前英雄派首腦——曹操！他敗給我們，並墮入冥府之中。聽說在那之後，他憑一己之力從冥府爬了上來，成為帝釋天的先鋒。

我對著那個傢伙大喊：

「……為何你會出現在這裡？」

曹操戴著眼罩，遮住被我弄瞎的眼睛。那個傢伙露出依然惹人厭的笑容說：

「——我想找點樂子，獵個邪龍，所以就和牠們一樣從煉獄之門上來了。」

……難道是當他待在黑帝斯那邊的時候，就找到了通往煉獄的通道嗎？

拉冬詭異地笑了幾聲：

『……最強的神滅具（longinus）持有者之一登場了是吧。』

曹操說：

「這裡的邪龍都交給我吧。不過，赤龍帝。你是——英雄對吧？既然如此，你就應該打倒邪惡的幹部才對，就像打倒我的時候一樣啊。」

曹操以槍尖指著門說：

「去吧。」

看見這一幕，拉冬笑著說：

『哎呀哎呀……沒想到聖槍的持有者會介入這場戰鬥啊。』

……真的。我不是要附和拉冬，但也真沒想到這個男人會說那種話！

莉雅絲對我做出指示：

「一誠！你帶著愛西亞、潔諾薇亞、伊莉娜繼續前進！這裡由我們負責！」

曹操也接著說：

「沒錯。有我這個曾經消失的傢伙從旁介入，你就當成是天上掉下來的禮物吧。」

…………

……可惡，所謂的及時雨指的就是這種狀況吧！的確，莉雅絲他們和這個傢伙合作的話，應該可以解決掉拉冬和那群邪龍！

我看向愛西亞、潔諾薇亞、伊莉娜。她們都點了點頭，表示同意……於是我對曹操說：

「……你這樣帥氣現身，要是還被邪龍幹掉的話，我可饒不了你。」

那個傢伙露出高深莫測的笑容，朝成群的邪龍發出光之奔流。剎那間，隨著極大的爆炸，邪龍大軍一口氣被炸飛了！那把長槍……性能還是一樣亂強一把的啊！

曹操轉了轉長槍，狂傲地說：

「我之前之所以落敗，是因為懦弱的自己無法貫徹人類的立場。現在的我不需要梅杜莎之眼或是魔人化(chaos break)——需要的只有身為英雄、身為人類的驕傲，和這把聖槍就夠了。我決定在面對龍族的時候不再掉以輕心。」

……那還真是可怕啊。我之所以能夠打贏那個傢伙，是因為他尋求了自己以外的力量而產生破綻。現在的那個傢伙，感覺比之前還要令我毛骨悚然。

「莉雅絲！大家！接下來就交給你們了！」

我對大家這麼說之後，便帶著愛西亞、潔諾薇亞、伊莉娜繼續趕路！

經過曹操身邊的時候，那個傢伙以只有我聽得見的聲音說：

「——沒錯，無論在任何時代，能打倒超自然生物的，都是『人類』啊。」

Fake Hero.

一誠同學、愛西亞同學、潔諾薇亞，以及伊莉娜同學他們前往門那邊之後，我——木場祐斗和同伴們開始打倒邪龍大軍。留在這裡的有莉雅絲社長、朱乃學姊、小貓、加斯帕、羅絲薇瑟小姐、我，還有聖槍的持有者——曹操。

曹操與拉冬對峙。他輕輕揮了一下聖槍，朝拉冬發出神聖波動！要是毫無防備地正面中了聖槍的一擊，就連上級惡魔也無法全身而退。聖槍的波動在即將命中拉冬的身體之際，像是被某種東西擋住了似的逐漸消失。一道看似障壁的東西籠罩著拉冬的身體。我想，那應該是牠用來保護自己的防禦障壁吧。儘管只是輕輕一揮，但既然能夠輕易擋下聖槍的攻擊，可見那種障壁並不簡單。

拉冬發出愉快的笑聲說道：

『沒想到能夠遇見聖槍的持有者啊……在現世復活之後，我就一直目睹生前只聽過傳聞的傳說事物呢。』

曹操聳了聳肩說：

「這樣啊，那敢情好——這樣你死第二次的時候，就有很不錯的餞別禮了，真棒。」

這個男人還是一樣伶牙俐嘴。聞言，拉冬揚起嘴角，露出詭異的笑。

『……那麼，我也讓你們看點有趣的東西吧。』

說著，拉冬的腳下冒出魔法陣！那是龍門！牠想召喚新的龍嗎？接著，龍門發出深綠色的黯淡光芒！羅絲薇瑟小姐看了在一旁大喊：

「——！這、這是……這種龍門的光芒是……！」

對於這個顏色有印象的我們也一樣驚訝。沒錯，掌管深綠色的是——

龍門的光芒迸射開來，從中現身的——是長著黑色鱗片的巨龍！

『吼——啊啊啊啊啊啊啊啊啊啊啊啊啊啊啊啊啊啊啊啊——！』

足以震盪空氣的吼叫聲！出現在魔法陣當中的——是格倫戴爾！而且不只一隻！是三隻！格倫戴爾竟然有三隻！

我和同伴們都因為意外的邪龍現身而驚訝不已！而且還有三隻，更是出乎我們的預料！

在三隻格倫戴爾的簇擁之下，拉冬帶著笑意說：

『如何？牠們是以格倫戴爾為基礎完成的新型邪龍。似乎還在調整階段……不過散發出來的氣焰已經相當不錯了吧。』

竟有此事……他們的技術已經發展到能夠製造出好幾隻格倫戴爾來了嗎！但是，那三隻格倫戴爾看來沒有自己的意識。因為牠們並沒有表現出那種凶暴的自我，只是機械式地站在拉冬背後。

……我們得對付四隻傳說中的邪龍啊。大家無不屏息以對——但是，就只有一個男人露出了狂妄的笑——是曹操。

曹操對才剛消滅一群量產型邪龍的莉雅絲社長說：

「莉雅絲・吉蒙里，那傢伙用來包住自己的障壁並不簡單，而且還有三隻格倫戴爾。」

他說的沒錯，拉冬的障壁非常堅固，和牠用來包住我們的那種肥皂泡泡般的結界完全是不同層次。再加上三隻格倫戴爾，這讓戰況相當不樂觀。

「這種事情我剛才就看出來了，靠尋常的攻擊想必消滅不了吧。」

聽社長這麼說，曹操苦笑說道：

「號稱滅殺公主(ruin princess)的妳，居然會如此氣餒啊。」

「不好意思，因為我們總是面對一些傳說級的對手，害我偶爾也會變得沒自信。」

「真不像妳啊。妳可是兵藤一誠的伴侶，應該要更有志氣一點才對吧。」

曹操一邊耍著嘴皮子，一邊對社長說：

「我來製造那個傢伙的破綻——接著就由妳來解決牠。」

社長露出了一臉不解的神情。那是當然了，這樣的條件未免對我們太過有利。原本是敵人的男人提出的甜言蜜語，即使別有意圖有不足為奇，而且我們會如此推斷也很正常。

「……你要把這個大功讓給我？你不是應該做出成果給帝釋天看嗎？是這麼有自信？還是在侮辱我？」

曹操搖了搖頭。

「都不是。無論是那個時候還是現在，我對你們都心存敬意——畢竟，你們是我值得敬畏的宿敵。」

他的獨眼當中看不出說謊的跡象。

「而且，這種敵人應該由你們這些當代的英雄消滅才對。我……是個曾經墮落的男人，現在重出江湖還太早了。你們只要當成是碰巧從後方飛來的聖槍幫了你們，並為此感到高興就好了。」

莉雅絲社長嘆了口氣說：

「……我還是不喜歡你的說話方式。不過，也是呢。碰巧飛來的聖槍——這也不錯。」

社長接受了曹操的提議！曹操站到我身邊說：

「木場祐斗，你最自豪的腳還能動嗎？」

「你真敢說啊——當然可以。」

「那就好。即使是量產型的，那依然是傳說中的邪龍格倫戴爾。武功太過平凡的話，只會被牠的力量和火焰解決掉吧。」

我拿出收納在亞空間當中的魔帝劍格拉墨。握在我手中的格拉墨看起來依舊不祥。而曹操看向這把魔劍……他心裡應該五味雜陳吧。畢竟，這把劍過去曾經屬於他的同伴齊格飛。

我沒有理會他的視線，以聖魔劍製成外部裝甲，罩住格拉墨……這是我研究出來的控制方式。雖然目前還無法完全解決問題，不過總比直接揮舞還要能夠正常發揮功用。如果發出極大的氣焰，恐怕又會一口氣耗盡我的體力吧。但是，一定會碰上不得不用的場面……我也已經有所覺悟了。

曹操看著罩住格拉墨的外部裝甲，顯得非常感興趣。

「你這麼做真有意思。但是，你真正的價值只有依靠魔劍嗎？」

「……你想說什麼？」

「——你應該繼續鑽研聖魔劍。你所引發的奇蹟是徹頭徹尾的奇蹟。若是你的能耐無法善用這種奇蹟，未免也太不像吉蒙里眷屬了吧？」

……看著我的處理方式，他大概是想出某種運用格拉墨的解答了吧。他是個更勝於我的技巧派，就算只看一眼也能夠想通某些事情。故意不直接告訴我，就證明了他是在試探我。

做出拿長槍敲肩膀的習慣動作之後，他擺出架勢，對我們說：

「吉蒙里眷屬，我來刺穿牠。你們可別錯過破綻了喔。」

『你以為我會露出破綻嗎？我可是很擅長封鎖對手的。我看你才該小心別露出破綻，否則會被我封殺喔。』

對於拉冬挑釁式的言詞，他也只是笑得很開心。

「太有意思了。不過，要找出龍族的破綻，也是傳記當中的英雄技巧之一呢。」

說著，他的背後冒出像是後光的東西，還冒出七顆寶玉！是聖槍的禁手（balance breaker）。之前也只看過一次，不過他的禁手化（balance break）還真是相當平靜。可以說是平靜到令人不舒服。

七顆寶玉飄在他身邊。那每一顆寶玉都附加了不同的異能，我們也差點因此被他一個人殲滅掉。而現在他成了同伴——真不知道該說是可靠，還是可怕……

我也握緊格拉墨，對準邪龍架好。朱乃學姊釋放了墮天使的羽翼，加斯帕化身為暗獸，一旁的小貓也使用了仙術，讓身體暫時成長。所有人都化身為使出全力的模樣。

三隻格倫戴爾擋到拉冬身前。同時，橙色的魔法力籠罩住牠們巨大的身軀。我想，應該是拉冬提升了牠們的防禦力吧。格倫戴爾的鱗片原本就非常堅硬，現在又更上一層樓了。

我們留意著逐漸聚集到周圍的量產型邪龍，同時各自鎖定了目標。

瞬間的寂靜之後——

打頭陣的——是加斯帕。他從黑暗當中變出大群野獸，並命令牠們朝右手邊的格倫戴爾——A衝了過去。格倫戴爾A輕而易舉地將牠們掃開，但小貓也混在暗獸當中衝了出去。她以敏捷的動作拉近距離，對準右手邊的格倫戴爾A的腹部打出以仙術提升威力的拳頭！

打擊聲在周遭迴盪！格倫戴爾巨大的身體隨之傾斜。

感覺到攻擊奏效的小貓對大家大喊：

「沒問題！沒有那個格倫戴爾那麼強！」

這個情報提升了大家的戰意！這樣啊，既然不比我們對付過的那隻格倫戴爾，即使是三隻也有辦法應付！

我也砍向站在正面的格倫戴爾B！行動中夾雜了幾個假動作！牠的身軀巨大，動作卻很輕盈，這點和本尊一樣——但是，比起那個直覺也很敏銳的格倫戴爾，眼前的傢伙太老實了！完全被我的假動作騙了！

格倫戴爾朝我的殘像出拳。然而，我已經不在那裡了。因為我已經繞到牠背後，並舉起格拉墨往下砍！

號稱最強屠龍劍(dragon slayer)的魔劍在格倫戴爾B的背上留下一道大傷口！牠忍不住痛到大吼。不過，很抱歉，我不會再猶豫了。因為我已經決定，在面對邪龍——面對邪惡之樹時不會露出破綻！我將格拉墨深深刺進牠的背！同時對朱乃學姊和羅絲薇瑟小姐大喊：

「朱乃學姊！羅絲薇瑟小姐！」

她們似乎都察覺到我的意圖，飛在天上的朱乃學姊在手指上聚集雷光，羅絲薇瑟小姐也畫出魔法陣！我放開格拉墨，遠離格倫戴爾。

「接招！天雷啊！」

這時朱乃學姊的特大雷光落下——

「雷電啊，燃燒邪龍之身吧！」

羅絲薇瑟小姐的雷電魔法也攻向牠！

將格拉墨當成避雷針的組合攻擊！即使經過聖杯的強化，刺在身上的格拉墨也會從內側將屠龍（dragon slayer）特性漸漸往外擴散吧。這時再加上朱乃學姊和羅絲薇瑟小姐強大至極的雙重雷擊，所造成的傷害以及從內部散開的屠龍（dragon slayer）特性，讓那隻格倫戴爾忍不住吐出一大口鮮血。

……小貓說的沒錯。這些格倫戴爾，很好對付。即使經過拉冬的防禦魔法強化，現在的我們也足以對付牠們。

「灰飛煙滅吧！」

一旁，莉雅絲社長為中心，討伐格倫戴爾A的行動依然持續進行。小貓的火車包圍住牠，以淨化之力燃燒牠的四肢。這時，化身為暗獸的加斯帕也正面攻向牠。

「區區邪龍，不准阻撓我們——！」

加斯帕雄壯地大喊，其毆打的威力讓巨大的格倫戴爾必須連踏好幾步才能撐住不倒。加斯帕的攻擊之重，讓牠從嘴裡噴出藍色的鮮血。在格倫戴爾A踉蹌之際，加斯帕操控影子，將巨大的邪龍拉到自己面前，接著又是一記重拳！

回顧不久之前的他，很難想像現在會以如此強硬的方式來靠力量決勝負！

理由很簡單。加斯帕開始以暗獸狀態和一誠同學進行近身戰鬥的修練。他也受到一誠同學的影響，學會了格鬥戰。如今，修練的成果忠實呈現了出來。就連出拳的方式也像極了一誠同學。一誠同學，加斯帕受你的影響越來越深了！

加斯帕將邪龍毆倒在地之後，莉雅絲社長便毫不留情地以毀滅之力消滅那巨大的身體！就連那堅固的鱗片也無法抵銷毀滅之力，這點已經在吸血鬼城堡證實過了。

最後，只剩格倫戴爾C和拉冬。

「呵！」

曹操有如舞動般閃躲著格倫戴爾C的近身攻擊，並拿著聖槍以反擊的要領不斷砍傷牠。他就像是在逗弄小孩似地玩弄著巨大的邪龍。即使邪龍吐出強大的火焰，他也只是以最低限度的聖槍之光將其驅散。

——同時，他還以七顆寶玉攻擊拉冬的障壁。面對自由飛舞且隨機行動的寶玉，拉冬一雙紅色的眼眸也露出了焦躁之色。

『……可惡。』

如此咒罵的拉冬試圖以結界包住寶玉，但寶玉各自發揮特性，沒讓牠得逞。有的變成長槍狀擊碎結界，有的則是轉移其他寶玉使其倖免於難，有的甚至化解結界，轉而使其命中格倫戴爾。遭到結界包圍的格倫戴爾陷入混亂，不斷掙扎，也因此產生了極大的破綻，讓我的同伴能夠趁機攻擊。拉冬完全無法逮住曹操。

「怎麼了，拉冬？你連一個人類都逮不到嗎？」

曹操如此搧風點火，拉冬也嘖了一聲。之前拉冬那麼胸有成竹的模樣，如今已不復在。曹操以靈巧的動作玩弄格倫戴爾C，讓牠摔了一大跤之後，便瞬間攻到拉冬身邊，以聖槍連續刺擊。那是尖銳無比，且行雲流水般的連續攻擊。但是，所有刺擊全都被拉冬身上的障壁毫不費力地擋下。不過再怎麼說也是聖槍，在連續攻擊的強力壓制之下，障壁也稍微顯現出消失的跡象……

拉冬露出狂傲的笑說：

『呵呵呵，真可惜。你逃跑的速度是很快，但攻擊卻傷不到我。』

被牠這麼說，曹操依然面不改色……在動作中又夾帶了幾次攻擊之後，他往後跳了一大步。他的臉上……帶著笑意，像是得到某種收獲一樣。

我也無暇一直注意曹操！這時——空中也展開了戰鬥。

「別想阻礙他們！」

行有餘力的「神聖使者（brave saint）」們正在為了我們對付在四周飛來飛去的量產型邪龍。這真是太可靠了。

我們也開始進入對付格倫戴爾的最後階段。中了雷擊之後，格倫戴爾B依然爬了起來。

我握好已經從邪龍身上拔出來的格拉墨，提升其氣焰，準備使出最後一擊！我將注意力集中在控制氣焰上……要是在這時候有一點分心，調整不完全的話，就得賠上自己的性命。要是每次都只靠這招，我總有一天會為此喪命吧。為了同伴我固然可以不惜一死，但今天我可不能死在這裡！

我握著威力大增的格拉墨，衝了出去。羅絲薇瑟小姐和朱乃學姊也跟在我身邊，朝格倫戴爾B發出她們的魔力及魔法！

朱乃學姊的雷光使得巨大的格倫戴爾B暫時頓住，羅絲薇瑟小姐更冰凍住牠的腳，完全封住牠的動作。於是我趁機——從正面丟出了格拉墨！在即將刺中無法動彈的格倫戴爾的那一剎那，我解除了聖魔劍形成的外部裝甲，讓格拉墨出鞘！刀身帶著翻騰的邪惡氣焰，深深刺進邪龍身上。此時我更將神器(sacred gear)變成聖劍創造(blade blacksmith)，創造出龍騎士團，朝格倫戴爾B出招！無數的龍騎士將格倫戴爾B團團包圍！確認騎士團完全遮蓋住邪龍之後，我一個彈指：

「——在內側炸開吧。」

刺進格倫戴爾B身上的格拉墨釋出龐大的氣焰！但是，多虧有龍騎士團覆蓋在格倫戴爾B身上，那邪惡的力量並沒有流瀉到外側。屠龍(dragon slayer)之力完全只在內側不斷翻騰，將邪龍的身軀燃燒殆盡！

隨著一道鈍重的破碎聲，覆蓋著邪龍的騎士團的間隙當中噴出藍色的血。這是我為了對付邪龍創造出來的新招之一。由於這種攻擊太過殘忍，我連名稱都不想取……但效果看來是非常可觀，格倫戴爾B已經渾身爆裂而死了。

「……如此淒厲的招式，看起來真不像是木場同學的攻擊呢。」

就連羅絲薇瑟小姐都忍不住如此評述。

我……在面對邪龍和邪惡之樹時絕不猶豫。一旦猶豫，肯定造成同伴的傷亡，這場戰爭就是如此嚴苛。所以，我和一誠同學一起發過誓。

——無論發生任何事，都要拯救同伴，和大家一起活下去。

為此，無論使用何種手段，我都要消滅對手。我抱著這樣的心態站在戰場上。

不過，這下我可以肯定了。這些格倫戴爾，沒有本尊那麼強。無論是耐打度、敏捷度，還是凶暴的程度，全都弱上好幾個等級。但即使如此，還是遠比量產型的邪龍強多了。

在我打倒格倫戴爾B的同時，一旁對付格倫戴爾A的戰鬥也即將結束。

「喔喔喔喔喔喔喔喔喔喔喔喔喔喔喔喔喔喔喔喔喔喔喔喔喔喔——！」

加斯帕放聲吼叫，咬住了格倫戴爾A的肩頭，並且從傷口將暗獸們送進牠體內！當然，用了從肩頭將暗獸送進體內這麼亂來的攻擊，邪龍的肉肯定會從內側爆開。格倫戴爾A的上半身因為加斯帕的啃咬攻擊而皮開肉綻。被藍色的鮮血沾溼全身，加斯帕依然毫不介意的從正面繼續拳打腳踢，吐著火焰的格倫戴爾A巨大的身軀倒在地上。

「納命來！」

莉雅絲社長的毀滅之力和小貓的火車也趁機襲擊而至！格倫戴爾A毫無抵抗之力，就此化為塵土。

而曹操負責對付的格倫戴爾C也因為不斷遭到聖槍砍傷，在傷勢積少成多之下，終於跪倒在地。

「那隻也交給你們了。」

曹操對我們做出指示。

朱乃學姊和羅絲薇瑟小姐彼此使了個眼色之後，發動攻擊。朱乃學姊召喚出三隻龍形的雷光，朝邪龍發射出去！羅絲薇瑟小姐則是使出繩狀的氣焰，輕而易舉地綁住巨大的邪龍。她說那招是根據歐幾里得·路基弗古斯的魔力創出來的。三隻極大的雷光龍，就這樣攻向動彈不得的格倫戴爾C——

隨著盛大的閃光與爆炸聲，格倫戴爾C在雷光之中逐漸消失。

這樣就解決掉三隻格倫戴爾了！儘管還有曹操的輔助，但是在成員沒有到齊的狀況下能夠對付三隻傳說級的邪龍仍然是一大收獲。我們……真的變強了。

曹操對拉冬之戰仍然處在膠著狀態，雙方看起來都苦無進攻的手段——然而，曹操忽然笑了，並接著說道：

「——你露出破綻了呢，跳吧。」

拉冬巨大的身體——忽然輕輕飄了起來，往上空飛去！拉冬似乎也沒料到這招，吃了一驚。因為，拉冬的腳底有顆寶玉。大概是曹操事先藏在地底，在拉冬踩到的瞬間飛出來，發揮其異能吧

『唔！——這、這是！這顆寶玉還能讓其他人飛起來嗎？』

沒錯，那是曹操用來讓自己得到飛行能力的寶玉……而那種能力竟然也能夠加諸在別人身上嗎！

曹操露出笑容。

「我不是說過了嗎？找出破綻，也是英雄的技巧之一。偽裝也是我的專長呢。」

然而，被拋上半空中的拉冬依然是一臉氣定神閒。

『但是，即使被丟到空中，我的障壁依然存在！』

——不，到此為止了吧。

畢竟，一旁的莉雅絲社長她們，手邊都開始發出光芒了！

「總攻擊！耗盡所有火力也無所謂！」

在社長的指示之下，大家同時朝空中的拉冬展開砲擊。我也以聖魔劍發出波動。

但是，拉冬以障壁擋下了我們所有的攻擊。障壁曾經數度瀕臨消失……但那個傢伙依然毫髮無傷。

拉冬放聲大笑：

『哈哈哈哈哈哈！的確是有如狂風暴雨般的猛烈攻擊！但是！無論你們如何撼動我的障壁，我也會一次又一次重新張設！』

曹操竊笑了一下——然後，他以發出莫大光芒的聖槍朝下方一揮！這個令人不解的舉動，在他的腳邊挖出一個大洞。

「——不，已經夠了。你已經無棋可走了。」

瞬間，拉冬從空中消失。簡直就像轉移了一樣！牠逃走了嗎？我們開始注意周遭！牠的氣息還在附近！我們更仔細地探查——最後大家的視線都集中到一個地方。沒錯，就是曹操剛才挖出來的大洞。

地洞裡傳出拉冬的聲音。大家都聚集到地洞周圍，往下一看。

邪龍轉移到地洞裡了！一顆寶玉漂在拉冬的身邊。

『——！轉移？我懂了，你也具備轉移對手的能力對吧！但是，為何能夠轉移我？你根本不可能穿過我的障壁——』

曹操將轉移的寶玉召回身邊，同時娓娓道來：

「我只是在吉蒙里眷屬對飛到空中的你發動總攻擊的時候，讓寶玉混在攻擊當中同時射出罷了。在那麼猛烈的攻勢之下，你在重新張設，以及補強障壁時多少會產生缺失。這一點在我發動連續攻擊時已經證實過了——即使只是零點一秒，只要有了破綻，將一顆寶玉送到障壁內的你身邊絕非難事。哪怕是傳說中的邪龍，只要是短距離，也能夠成功轉移。」

……他將轉移的寶玉藏在剛才的總攻擊當中……然後，趁障壁瀕臨消失——不，是抓準了障壁消失的那個瞬間，將寶玉送進內側了嗎……！

一開始就挖洞的話，對方八成會有所警戒。所以他先將邪龍彈到空中，才開始準備轉移的程序——

曹操對社長說：

「好了，莉雅絲．吉蒙里。對方已成甕中之鱉。妳可以盡情施展毀滅之力了。即使我的聖槍無法徹底解決拉冬，以妳的毀滅之力，應該能夠徹底消滅牠才對。」

儘管驚訝於曹操的技巧，社長仍開始集中力量，凝聚出足以完全除去對手的魔力。

拉冬在地洞裡大喊：

『這個地洞也只是為了封鎖我的動作……！』

地洞的大小正好足以容納拉冬的身體。曹操對地洞裡的邪龍說：

「因為我是『弱小』的人類嘛。想打倒傳說級的存在，就得安排到這種程度才行——在那個無法自由行動的地洞當中，你能以最引以為傲的障壁承受莉雅絲·吉蒙里的毀滅球體多久呢？」

『……唔！該、該死的傢伙！這、這怎麼可能……！』

……真是可怕的男人。之前的連續刺擊跟以寶玉進行牽制，全都是為了這個。竟然將邪龍的行動研判至如此透徹，更能運用各種手段導向這種結果……！我們能贏過這個男人……果然是奇蹟嗎……！

紅黑交錯著，那強大而巨大的毀滅球體出現在拉冬的上方。一直正面遭受那種東西攻擊的話，就連拉冬的障壁也無法承受吧。

「你的死期到了，拉冬！灰飛煙滅吧！」

隨著社長的吶喊，毀滅球體——落入地洞之中。

『該死的聖槍持有者、吉蒙里眷屬。該死的傢伙————！』

以防禦與結界見長的邪龍最後的慘叫——

牠在社長發出的消滅魔星（extinguish star）之下完全消失，一點塵土也不剩。

「——小貓！封印術！」

「是的，社長！」

小貓如此回答之後，召喚出數個火車畫出魔法陣。她從懷裡拿出事先向一誠同學要來的赤龍帝的鎧甲(boosted gear scale mail)的寶玉，準備將拉冬的靈魂封印在裡面。

巴力家那能夠消滅世間萬物的魔力，加上接踵而至的封印——拉冬這下應該完全遭到封印了吧。

在我們又打倒了一隻傳說中的邪龍之際，聖槍的持有者只是仰天長嘆——

「果然，牠沒辦法像瓦利和兵藤一誠那樣讓我熱血沸騰……我想見識的，是絲毫不留情面的壓倒性力量，以及足以顛覆任何技巧的異樣意外性啊。」

映照在他眼中的——就僅有名為二天龍的勁敵而已了。

Joker.

穿過大門，我們來到第三天——天堂所在的階層。或許是因為我們奔馳在第三天的中央大道上吧，我搞不太清楚天堂大概是怎樣的狀況。眼前只有一條白色的大道，直線通往下一道大門。只要轉過途中經過的十字路口，應該就可以前往天堂等地，但我們現在沒時間參觀那些地方了！只能前進！

在即將抵達下一扇門的地方迎擊我們的……

「呵呵呵呵呵♪各位好啊～～♪我來讓你們萌萌燃燒了喔。」

是身穿歌德蘿莉服飾的魔女！

「華波加！」

沒錯，正是紫炎的華波加！沒想到偏偏在天堂遇見她！就在我們備戰的同時，又冒出了另一道人影。

「今天連克隆先生也來了喔。」

站在華波加身邊的——是身穿黑色大衣的男子。

「…………」

男子不發一語。我很清楚他是誰，因為我們在吸血鬼的國度曾經對打過。

──邪龍，克隆．庫瓦赫！

以人類型態戰鬥的傳奇邪龍！足以同時對付我和瓦利的強者。

華波加笑著說：

「呵呵呵呵♪今天就由我們兩個對付你們！」

……在這種狀況下，我們可沒空對付這麼棘手的兩人組！話雖如此，他們大概也不可能白白放我們走吧！

「……只能動手了吧。」

潔諾薇亞和伊莉娜進入備戰狀態！我也下定決心，準備擺出架勢。就在這個時候──

「哎呀──情況看起來又變得非常麻煩了呢。」

語帶輕佻的來者──是鬼牌．杜利歐！他展開羽翼從空中飛了過來！喔喔！沒想到會在這種地方和他重逢！

杜利歐飛到我們身邊。

看見他現身，華波加笑著說：

「哇──喔♪難不成你是鬼牌嗎？哎呀呀，居然遇上這──麼厲害的角色♪──吶，原本在第三天這裡的邪龍小弟們呢？」

華波加這麼問杜利歐。的確，來到第三天這裡之後，我們只遇見了幾隻量產型邪龍！第二天明明有那麼一大堆，這裡卻幾乎沒有！

杜利歐搔了搔後腦勺說：

「啊——那些啊。我正在攻擊牠們呢——或許會剩下一些殘骸吧。」

說著，他指向遠方。遙遠的彼方可以看見一朵雷雲，從那裡打出好幾道劇烈的雷電。愛西亞看向反方向，而我的注意力也跟著飄了過去——只見遠方冒出巨大的龍捲風，幾個黑影被捲了進去……他用雷雲和龍捲風進行廣範圍攻擊啊。

……也就是說，他正在獨力殲滅所有邪龍嗎……！我們對付的零星邪龍，都是從那裡逃出來的。其餘的絕大多數，都已經被杜利歐的神器(sacred gear)給……

我再次體認到這個男人有多麼超乎尋常！而且現在天界正瀕臨危機。鬼牌是天界的王牌，而現在更能將其特性發揮到極致。

華波加聽了，瞇起眼睛。她看起來像是感到開心，又像是提高了警戒。

「……哎呀呀，真是超乎想像啊。」

杜利歐站到我身旁……真是太令人放心了。因為強到如此凶惡的男人，和我們是站在同一陣線的！而且還是我們的隊長！

杜利歐對華波加說：

「……這裡是天堂，可得保持安靜才行。否則，待在這裡的靈魂豈不是太可憐了？他們好不容易結束了在人世間的職責，要讓他們在這裡平靜度日才行。」

語氣聽起來輕佻，但杜利歐的眼神——極為認真。

以前，杜利歐曾經對我說過：

「吶，一誠老大。我覺得，宗教是非常重要的東西。」

如此啟齒的杜利歐接著又說：

「想想，像我和一誠老大這麼強的人當然沒問題，但人類總是弱者居多吧？為了這樣的人們，我認為，值得信仰的絕對戒律是必要的。只要相信，就會有某種強大的存在看顧著自己，這畢竟是值得高興的事情吧？」

杜利歐望著天，顯得有點落寞。

「可是，上帝已經不在了呢……」

他也是知道真相的人。他接著展開雙臂，並且說：

「所以，我覺得只要我們這些天使，代替上帝保護大家就可以了吧。」

葛利賽達修女對我說過的話也浮現在我腦中。

是關於杜利歐的事情。

「杜利歐是戰爭孤兒。他被捲入某國的內亂當中，因而失去了雙親。那個孩子自幼就在教會的孤兒院當中生活，他的神器(sacred gear)之力也是在那個時候覺醒。寄宿在他身上的畢竟是神滅具(longinus)之中又屬最上位的，而他的生活也從此有了重大轉變。」

能力覺醒的杜利歐立刻離開了孤兒院，到戰士養成機構接受訓練，成為教會的戰士。毫不平凡的才能與能力，不由分說地讓年幼的他覺醒為戰士。

修女又說：

「教會的孤兒院當中，還有其他先天擁有特異功能，又對此毫無抵抗力的孩子們。杜利歐……因為和他們的境遇相同，而稱呼他們為『弟弟』、『妹妹』，並格外疼愛他們。」

孤兒院當中的孩子們……多半都在長大成人之前死去。對於異能沒有抵抗能力的小孩，往往受到異端之力詛咒而死。而杜利歐一直看著這樣的孩子們。

帶著感傷的眼神……杜利歐訴說心聲：

「世界上，有很多好吃的料理。有很多人即使想吃那些料理也沒辦法去吃啊。」

杜利歐……他走遍世界各地，品嚐料理，研究作法，然後試著在孤兒院作出來。經過無數次失敗，終於完成之後，他就會請孤兒院裡的孩子們品嚐。那些孩子們無法前往任何地方，既然如此……既然如此，至少可以讓他們吃些好吃的東西吧。杜利歐就是抱持著這樣的想法，環遊世界。

「世界上還有許多不幸的人。但是，那些孩子們……吃了美味的料理之後，好不容易才能夠打平人生的不幸。至少我是這麼覺得。」

這麼說的時候，他臉上掛著笑容——但是，笑中又隱藏著些許的悲哀。

「他之所以答應成為鬼牌最大的理由……就是能夠見到抵達天堂的孩子們的靈魂。鬼牌身為轉生天使的王牌，能夠獲准踏進那個領域。兵藤一誠，那個孩子……」

最後，葛利賽達修女流著淚這麼說：

「杜利歐既是教會當中實力最堅強的一個人——也是教會當中心腸最軟的一個人。那個孩子就是太純真了。」

這樣的杜利歐在此展開羽翼，與華波加和克隆．庫瓦赫對峙。

「不好意思，我沒辦法讓你們繼續前進了。這裡是我的弟弟、妹妹們，唯一能夠毫無苦痛地奔跑玩耍的地方。所以，我可不能讓你們在這裡作亂。」

杜利歐帶著笑容這麼說。然而，他的身上卻散發出堅定的意志和壓迫力。

「——有天使的保護才能叫作天堂嘛。」

下一秒，華波加的眼睛發出詭異的光芒！紫色的十字火柱出現在杜利歐身邊，包圍住他！但是，杜利歐不慌不忙地舉起手一個橫掃，紫炎便瞬間凍結！火柱變成了冰柱。

杜利歐對伊莉娜說：

「好了，A伊莉娜。趕快繼續前進，打開那扇門吧。」

「鬼牌大人！我們也──」

見伊莉娜和潔諾薇亞依然處於備戰狀態，杜利歐搖搖頭說：

「等在前方的敵人恐怕得拚盡全力才能夠對付。這裡就由我來設法搞定……不過我也有點擔心自己辦不辦得到就是了。」

沒錯，現在的我們還得繼續趕路……要是在這裡消耗太多戰力，不知道還有沒有辦法拯救伊莉娜的爸爸。畢竟，等在前方的是擁有八岐大蛇的男人，還有尚未現身的李澤維姆！可是，這兩個傢伙似乎不打算讓我們前進。

「真想再次和赤龍帝互毆！」

走向我的是克隆．庫瓦赫！他興高采烈地施展體術！我在千鈞一髮之際閃過對方的拳打腳踢，同時下定決心，詠唱起鮮紅的咒文！

「──吾，乃覺醒者，乃揭示王之真理於天之赤龍帝也！胸懷無限的希望與不滅的夢想，而行王道！吾，當成紅龍之帝王──」

「將汝導向鮮紅色的光明天道──！」

鮮紅色的光輝籠罩住我，將鎧甲染成一片鮮紅！力量也得到提升！但是——

『是啊，你想的沒錯，搭檔。現在不能逞強。發射神滅爆擊砲用掉的能量尚未恢復。透過飛龍強化自己的能力如果超過限度也會造成負擔，進而自爆！』

……我知道啦，德萊格！還有，你們的「探索」完成了嗎？

我這麼問德萊格。德萊格和存在於阿爾比恩內部的歷代白龍皇靈魂和解之後，二天龍得以探索彼此的力量，得到進一步提升的可能性。藉此，他們更能夠開始探索遭到聖經之神封印的生前之力。所以，德萊格經常潛入神器內部，和阿爾比恩的意識一起面對施加於彼此的封印。他曾經表示差不多快要有成果了。

德萊格說：

『……可能非常勉強，只能說時機太過不湊巧了。我會再試著潛入神器，看能不能設法趕上。』

好，拜託你了，搭檔。因為德萊格提過的生前能力當中，其中一個說不定能夠有效對付李澤維姆！

在和德萊格對話的同時，我和克隆・庫瓦赫展開互毆！我擊中他，他也會正面回擊！而且這個傢伙的攻擊之強……！一拳所造成的衝擊和傷害，幾乎都能讓我直接昏厥！要是連續挨揍，我的鎧甲恐怕會全部碎光吧！事實上鮮紅色鎧甲也已經到處都是裂痕了！我只有在擊中的瞬間接換為「城堡(rook)」的特性，以這種方式展開攻防……但他絲毫不受影響！這隻邪龍還是一樣擅長肉搏戰啊！而且戰鬥更讓他亢奮到笑個不停！

潔諾薇亞和伊莉娜也舉起聖劍出手掩護我，但克隆．庫瓦赫那個傢伙竟然正面以拳頭抵銷聖劍的波動！就連潔諾薇亞、伊莉娜這對戰士搭檔也驚訝不已！

——但是，因為對付她們而讓那個傢伙產生了破綻！我試圖以神龍彈加以攻擊，凝聚的氣焰才剛準備從手邊射出時——火焰十字架從我和邪龍之間竄出，阻撓了我！

而對此最為憤怒的——卻是克隆．庫瓦赫。

「——妳想妨礙我嗎，魔女啊！」

他對和他同一陣線的發出怒吼，魔女卻只是咯咯嬌笑。

「哎呀，真是的，人家是想幫你耶♪」

見華波加這麼說，原本享受著戰鬥的克隆．庫瓦赫收了手。他憤憤地這麼說：

「……就是因為這樣，我才不喜歡多人一起出手的鬥爭。不過單打獨鬥倒是我最愛的就是了……」

華波加一面和杜利歐以火和冰互擊一面說：

「你還這麼說啊？就是因為這樣，克隆大哥才會失去你的主人巴羅爾，自己也碰上慘痛的遭遇不是嗎？」

邪龍聽了，就完全解除了備戰狀態。他搖了搖頭，往遠離戰鬥的方向走去。

「……妳自己打吧，我要等妳被幹掉之後再出手。」

面對他的行動，就連華波加也大吃一驚。她大概也沒想到自己的幾句玩笑話，會讓那個邪龍完全失去戰鬥意願吧。

「不會吧！別在那邊鬧彆扭了，你得和我一起戰鬥才行吧？」

「我只是不想和妳這種瞧不起龍族的魔女並肩作戰罷了。可以消滅妳的話，我就會先這麼做之後，再和赤龍帝及鬼牌戰鬥，如何？」

魔女傻眼地重重嘆了口氣：

「……格倫戴爾也好、阿日日也好、阿佩佩也好，就連你也是，我真——的搞不懂龍族在想什麼呢。」

「…………」

已經無意戰鬥的邪龍只是保持沉默。

我將手對準了形單影隻的華波加，劍士搭檔也將劍尖指向她。加上我和杜利歐就是四個攻擊手了。而且我們這邊還有負責恢復的愛西亞……感覺不需要太久就可以打倒她了。

華波加在自己身邊揚起火柱，鞏固防線！但是，那些也全都被杜利歐變成冰柱了！

華波加苦笑著說：

「唉……要在這裡變身禁手（balance breaker）是可以啦……只是我今天已經累了，還是逃走吧。」

魔女似乎也變得毫無幹勁的樣子。這傢伙在奧羅斯學園防衛戰當中，當我去追擄走羅絲薇瑟的歐幾里得時，她正在對付變成禁手（balance breaker）的匙。聽說原本還打得難分難解，但面對化為禁手（balance breaker）的神器（sacred gear）——而且還是龍王之力，即使是神滅具（longinus），沒有禁手化（balance break）也很難對付，所以她就放棄了戰線，之後也不再認真戰鬥，只顧著逃跑。

這麼說來，面對加斯帕的時候，她也是始終沒有正面迎戰。對上那個黑暗狀態的加斯帕應該可以打得不相上下才對，這個魔女卻把心力都用在擾亂戰局上。

蒼那會長對華波加如此評述：

「她應該是那種不在絕對優勢的狀況下，就不肯戰鬥的類型吧。處於對等狀態或是居於劣勢的話，她絕對不會久戰。」

華波加在腳下畫出轉移魔法陣。看來會長對她的剖析並沒有錯。

在華波加試圖逃跑時，杜利歐笑了笑，彈了一下手指。雷雲開始在上空堆積！他想施展落雷嗎！

「來，給妳一點紀念品。」

說著，杜利歐發動雷擊！同時華波加身邊也冒出無數的冰柱！華波加露出猙獰的表情，在手邊製造出極大的紫炎彈！

「別小看我！」

華波加以紫炎抵銷了身邊的冰柱。眼看著雷擊從上空落下——只見她將洋傘往空中一拋，雷擊便打在傘上，並未直接命中她本人，但一道冰柱劃破了魔女的衣服！裸露在外的白皙肌膚讓我有了反應，但魔女已經在轉移之光當中逐漸消失。看來跳躍的準備已經完成了。臨走之際，魔女吐出舌頭，還對我們比了中指……因為有杜利歐在，讓我錯失了乳語翻譯（pilingual）的上訴機會。

……魔女已經從戰線消失。

我朝邪龍——克隆．庫瓦赫那邊瞄了一眼，只見礙事的魔女離開之後，他便再次燃起戰意……想重新打過是吧！

杜利歐看著鬥志高昂的邪龍苦笑：

「哎呀——哈哈哈哈，比起十字架的持有者，這位邪龍先生看起來要強上許多，也更加棘手呢。真傷腦筋啊——你應該不會放過我們吧？」

當然，邪龍不可能點頭：

「赤龍帝加上天界的鬼牌，這樣的組合可是千載難逢的對手啊——我的信條是和強者對戰，因此沒有理由在這種時候退讓。」

「哎呀，是個戰鬥狂啊？簡直和瓦利老大一樣難搞呢……」

在嘆氣之餘——杜利歐說出他的提議：

「克隆什麼的邪龍先生——由我一個人對付你的話，你有意見嗎？這樣或許看不出來，不過我也解決了不少龍族喔。」

……杜利歐那個傢伙，他想一個人對付邪龍嗎！

克隆・庫瓦赫本人則是毫無畏懼地笑了。

「說得真客氣啊——在你身上，我連一分破綻都看不出來，看來你是打算確實送赤龍帝他們先走了。也罷，就這麼辦吧。我就來領教一下屠龍者（dragon slayer）鬼牌好了。」

兩人彼此互瞪。緊盯著對手的同時，杜利歐對我們說：

「那就這麼說定啦。你們快走吧——要變成禁手（balance breaker）了啊～～那招其實不能在天界使用的說，不過情況緊急嘛。」

…………杜利歐打算拿出真本事！

我和教會三人組默默接受這個決定，下定決心離開！一對二的話也就算了，現在是一對一，或許……！當然，對手可不是普通的龍。他可是比華波加還要強的傳奇邪龍！

忽然，杜利歐對愛西亞說：

「對了，小愛西亞。」

「是、是的。」

杜利歐露出天真無邪的笑容說：

「改天，我帶妳去妳住過的孤兒院如何？和一誠老大還有妳的朋友們一起去——大家都很擔心妳喔。」

杜利歐……他調查了愛西亞的出身嗎……？聽了他這番話，愛西亞掩著嘴，看起來非常感動。

杜利歐豎起一根食指說：

「我這個人有個規矩，在教會的孤兒院長大的孩子都是我的兄弟姊妹。所以，小愛西亞和小潔諾薇亞都等於是我的妹妹。那我這個當哥哥的，可得好好加油才行。」

說著，杜利歐就展開五對羽翼，迎戰克隆．庫瓦赫。

「——去吧，一誠老大。克隆．庫瓦赫交給我對付。我不但是鬼牌，還是『D×D』的隊長呢，總得稍微展現帥氣的一面才行吧？」

……真是的，為什麼我的男性夥伴都是這種男子漢……！我頭也不回地對杜利歐說：

「杜利歐，你可別死喔。你這個傢伙，果然是個好人。」

杜利歐——我們的隊長向後伸出手揮了揮，作為回應。

——我的男性戰友，全都是這種又傻又帥氣的傢伙呢。

儘管背後展開了激烈的戰鬥，我們依然為了趕路而向前衝了出去！

Life.4 燃燒吧，聖劍！

穿過第三天的門之後，我們進入第四天——也就是伊甸園。

放眼望去，盡是茂密的草木和盛開的鮮豔花朵，而遠方的小山和林木也相當壯觀。

在前往第五天的途中，映入我們的視野當中的——是兩道人影。

一個是手上拿著散發出不祥波動的劍的男子——八重垣。另一個則是坐在他身旁的男子——伊莉娜的爸爸。八重垣從第五天把他帶出來了嗎！

「爸、爸爸！」

八重垣沒有理會如此驚叫的伊莉娜，望著這個名為伊甸的階層說：

「我一直都這麼想啊……想在這個人稱樂園的地方，完成我的復仇。」

八重垣粗暴地抓住伊莉娜的爸爸的頭髮：

「紫藤先生，你感覺如何啊？在信徒的終極願望——伊甸殉職的感覺如何？對於制裁了我和她的你而言，似乎有點擔當不起吧。」

伊莉娜的爸爸身上的毒似乎還沒完全解除。他忍受著毒素造成的痛苦，對男子說：

「………八重垣，一切就到我為止吧，可以嗎？」

聽他這麼說，伊莉娜的表情一變！

「爸爸！你為什麼要說那種話？」

「伊莉娜，如果我的性命能夠拯救他的靈魂……那也值得了。」

伊莉娜的爸爸……打算犧牲自己，結束他的復仇，結束這次的恐怖攻擊嗎！可是，這種事情！我們怎麼可能讓這種事情在我們的眼前發生！

伊莉娜的爸爸——流著眼淚說：

「八重垣……我很後悔。不，被你制裁的那些人，一定也都對那個事件感到非常後悔吧……」

男子聽了變得非常激動：

「所以呢！那又怎樣！你以為這樣就可以得到原諒嗎？我怎麼可能原諒你——————！」

他隨手揮了一劍，攻擊的餘波在地上挖出一道大裂口。男子仰天長嘯：

「我愛過她！她也愛過我！儘管種族不同……但我們還是相愛的！我們愛過彼此啊！」

呼應了他的憤怒，那把化為邪劍的傳奇聖劍，噴出了八個龍頭！龍頭變得比之前見到他的時候還大！難不成，那把劍的力量會隨著持有者的感情起伏而改變？

『……說不定，那已經變成近似神器（sacred gear）的東西了呢。』

德萊格這麼說……將邪龍附上去之後，讓聖劍變化為類似神器（sacred gear）的東西了嗎……！

『畢竟有如神一般的道具、神所賜予的東西，人們也都稱之為「神器」啊。』

即使如此，我們還是得在這裡阻止那個東西才行。我們不能讓他……散播更多憎恨了！

八重垣舉劍對準伊莉娜的爸爸！

「……唔哇啊啊啊啊啊啊啊啊啊啊啊啊啊啊啊啊啊啊啊啊！」

他放聲大喊，舉起邪龍之劍一揮！八個巨大的龍頭噴著邪氣以及劇毒的瘴氣，攻向伊莉娜的爸爸！

此時，他的身心都已經遭到那把劍控制，化身為散發出漆黑氣焰的魔人。

「休想得逞——————！」

我展開龍的雙翼，高速飛了出去！眼見八岐大蛇的頭張開大嘴，即將咬碎伊莉娜的爸爸之際，從後方飛來了兩道神聖的氣焰！兩道氣焰互相交錯，輕易擊碎了邪龍的頭部其一——是潔諾薇亞和伊莉娜的交叉攻擊。

在兩人如此協助之下，我成功救出伊莉娜的爸爸！接著我抱著他，直接飛離八重垣，降落在地上。

「請你在這裡看著吧——我們會結束一切！」

說著，我正準備再次飛出去——

「一誠！」

但伊莉娜的爸爸叫住了我。他接著以懇求的口吻對我說：

「……請你……阻止他吧……！」

「——好。」

我如此回答，然後向前飛了出去。剛才擊碎的頭部已經重生，邪龍再次以八顆頭的姿態不住蠕動。頭部同時對準了我，並一齊吐出火焰！

我在背上變出砲管，一舉射出氣焰！

「真紅爆擊砲——————！」

『Fang Blast Booster!!!!』

鮮紅色的龐大氣焰，吹散了八岐大蛇吐出的火焰。

……在攻擊的同時，我心裡卻是這麼想的……

……如果，在過去的事件當中相遇的惡魔和人類，是莉雅絲和我的話……

……如果，我們的邂逅、境遇，對彼此來說都是禁忌的話……

……我、我們，一定也會像這個人一樣逃亡，並且選擇戰鬥吧。

我……在頭盔底下流著淚，同時一心攻向他。

……我，愛上了身為惡魔的莉雅絲．吉蒙里。

……我，發誓要和身為惡魔的莉雅絲．吉蒙里一起活下去。

橫向揍飛龍頭的同時，我帶著眼淚吶喊：

「你……確實沒有錯——！但是——！但是！就算你這麼做！也已經……對任何人都沒有好處了啊……只是徒增悲傷罷了……！」

揮著王之杜蘭朵，並抵銷邪龍攻擊的同時，潔諾薇亞同樣濕了眼眶。

「杜蘭朵……！結束這一切吧……！」

伊莉娜也站在她身邊。淚水悄悄浮現在她的眼眶中，表情顯示出她的決心。

「奧特克雷爾……如果你認同我是持有者的話，求求你，把力量借給我吧！拯救爸爸的力量、協助大家的力量，還有——從邪龍手中解放那個人的力量——！」

兩把聖劍開始共鳴——神聖的氣焰不斷增強。氣焰膨脹至極為強大，最後兩把聖劍形成了直衝天際的氣焰之柱。

「……主啊，請祢、請祢庇佑大家……！」

已經召喚出法夫納的愛西亞也在龍王身邊對天祈禱。

我也配合兩人，伸出拳頭！

「阿斯卡隆——！現在正是聖劍表現的時候！」

屠龍(dragon slayer)聖劍出現在我的左手！

儘管整個人被籠罩在八岐大蛇的邪氣之中，男子看著並肩而戰的潔諾薇亞與伊莉娜——看著惡魔與天使的兩人，流下了眼淚。

「…………克蕾莉雅，我也變成天使了嗎……？」

面對我、潔諾薇亞、伊莉娜發出的神聖波動，他毫不抵抗，任憑波動淹沒他——

剎那間，我看見一名女子溫柔地摟住他的景象——

八重垣趴倒在地——

遭到邪龍控制的那把劍，像是失去力量一般掉在地上。

德萊格說：

『……八岐大蛇的反應消失了……不，原本就沒有完全復活也說不定。無論如何，已經沒有邪龍之力寄宿在那把劍上面了。我想，應該是那個天使手上的劍——』

伊莉娜手上的奧特克雷爾，是能夠淨化目標的聖劍。接觸其氣焰之後，天叢雲劍便失去了所有邪氣……這就是伊莉娜的新力量啊。潔諾薇亞的王之杜蘭朵跟我的阿斯卡隆或許也產生了加成作用，但真正擁有淨化功效的依然是奧特克雷爾本身。

我向躺在地上的八重垣說：

「……我……也深愛著一位女性惡魔。」

八重垣喃喃地說：

「……說不定會有人來拆散你和那個人。儘管如此……你也會——」

我沒有任何一絲猶豫地回應：

「——保護她。即使這個世界的一切都反對我和莉雅絲的關係，或是有強大的敵人攻擊我們，我也會保護她。」

沒錯，我決定要和她一起活下去。即使面對強大的敵人，碰上巨大的阻礙，我也要拚命掙扎，排除萬難。

八重垣將視線轉到伊莉娜身上說：

「——那麼，身為惡魔的你，有辦法拯救那個天使嗎？」

對此我也沒有必要猶豫。

「當然可以，是不是天使都沒關係。不久之前我也才剛答應過她——不想和我分開的話，就待在我的身邊吧。」

她根本沒必要和我分開，只要待在我身邊就好了，只要一起開心度日就好了。這樣不就可以了嗎？

——因為我們已經被獲准這麼做了。

八重垣——平靜地淌下淚水。

「……這樣啊，說的也是……我也和你一樣……只是想要保護她……」

我伸出了手。真是太好了。

我、我們，和這個人——理解了彼此。沒錯。即使生活的時代不同，我們的境遇卻非常相像。

因為我和這個人，都愛上了不同種族的女人——

「……既然如此，我們一定能夠理解彼此。你和我，和我們，一定——」

八重垣試圖撐起身體，想握住我的手：

「……是啊，如此一來，該有多麼的——」

咚！這時，一道悶聲傳進我的耳裡。那是在我們的雙手重疊的瞬間，某樣東西從旁飛來——貫穿了八重垣的胸口的聲音。

八重垣的上半身開了一個大洞。他從嘴裡吐出一大口鮮血，倒了下去。

「嗚哈哈哈哈！那當然不行啊！」

令人不舒服的笑聲在四周迴響。我記得那個笑聲。沒錯，怎麼可能會忘記。

我面對笑聲傳來的方向，看見一個滿頭銀髮的中年男子開心地露出醜惡的笑容。

我喊出那個可恨的男人的名字！

「——李澤維姆！」

那個豬狗不如的大叔輕浮地舉起手說：

「嗨♪我來看一下狀況，卻發現美麗的復仇喜劇，不知怎地變成感動的場面了，所以只好試著插手一下啦！」

潔諾薇亞抱起受到致命傷的八重垣。伊莉娜也扶著她的父親，將他帶到八重垣身邊。

「……八重垣！」

八重垣對伊莉娜的爸爸露出微笑。

「……沒關係，這樣就好了。」

愛西亞也趕過去，施展治癒之力。然而，他的傷口卻沒有癒合……不知道是因為他的身體是透過聖杯復活的——還是因為他本身拒絕治癒之力。

「……這樣未免也太讓人難過了……！」

愛西亞滴下了淚水。八重垣輕輕笑了一下。

「……妳是在為我哭泣嗎……你們真的是太善良了……」

漸漸的、漸漸的，他的身體一點一點崩潰。終於，崩潰的傷蔓延到臉上——

「唉，我也好想——生在這個時代……遇見你們啊……」

最後留下了這句話，他的身體便化為塵土。

…………

目睹此情此景，我們都說不出話來……因為……我們很有可能理解彼此……不，我們已經理解彼此了。在最後一刻，我們確實……！

我一拳重重的捶在地面上。

——但李澤維姆只是無聊地嘆了口氣說：

「算了，他道出過去發生在巴力大王派和天界之間的事件，也成了天叢雲劍的宿主，這也算是完美達成任務了——已經可以功成身退領便當啦。」

……一切都是如此讓人不悅。那個男人的聲音、模樣，所有的一切都令人感到不舒服。

我以低沉到連自己都害怕的聲音問：

「…………為什麼要殺他？」

那傢伙卻只是開心地揚起嘴角說：

「哦？你生氣啦？哎呀，竟然同情起敵人來了，赤龍帝小弟真是善良啊！話說，那個人原本就是死人喔，哪有什麼殺不殺可言的啊？嗚哈哈哈！」

「少敷衍我了……為什麼，你總是做這種事情……對瓦蕾莉也是，對冥界那些來校參觀的小朋友也是……」

他們每一個人都只是想得到幸福而採取行動罷了……為什麼，這個傢伙……這些傢伙，卻想要糟蹋那一切……？

李澤維姆不以為意地回答：

「嗯——當然是因為叔叔想找樂子啊～」

……喔，這樣啊，原來如此。

……我懂了，我總算了解那個傢伙的心情了。

「瓦利。沒錯，我現在非——常了解你的心情。就是這樣吧，你也是這麼覺得吧。」

我全身散發出憤怒的氣焰，站到那個傢伙面前。

「李澤維姆，你還是死了算了……！」

我讓身上的鮮紅色的氣焰爆發，同時下定決心……要揍飛這個傢伙！

我絕對不原諒他！絕對要打倒他！

「哇——你的眼神和瓦利小弟一樣呢……！」

那個傢伙見了我的態度反而滿心歡喜！

「嗚哈哈！那叔叔就陪你打一場吧！」

李澤維姆折了折手指，接受了我的挑戰！

「隨你怎麼吠！」

我飛了出去！然後高速拉近距離，瞄準這個可恨的傢伙的臉部——

在即將打中之際，他輕輕碰了一下我的鎧甲。剎那間，力量從我體內散去，鎧甲瞬間遭到解除，只剩下我的肉體！

「沒用啦～～經過神器(sacred gear)提升的力量完全對叔叔起不了作用喔，你是不是忘記了啊？」

——神器無效化(sacred gear canceller)！

只是碰了一下，就解除了我的鎧甲！

「呃——路西法拳！這個名字如何啊？」

那個傢伙一面打哈哈，一面對我出拳。拳頭深深陷進了我的腹部。

「……咕啊！」

……我承受不了劇痛，吐出一大口血……可惡，好久沒有在肉身狀態下毫無防備地中招了……！竄過全身的痛感幾乎令我麻痺！這時他又補了一腳，將我整個人踢飛！在地上彈了好幾下之後，我重新站好，再次穿上鮮紅色的鎧甲！

儘管受了傷，我還是飛了出去，發出魔力彈——但那個傢伙只是伸手一碰，我的特大號神龍彈就消失了！只要和神器(sacred gear)沾上一點關係，就連魔力彈也行不通嗎！

接著，那個傢伙的身影瞬間消失，隨後又出現在我的眼前。

「我好歹是路西法的兒子喔～就算沒有神器無效化（sacred gear canceller）也夠強喔！接招吧，路西法踢♪」

他踢出這一腳的同時也解除了我的鎧甲，一記重重的腿踢落在我的背上！

……衝擊讓我頓時無法呼吸！真是的，我也好久沒有感受到這種痛楚了！這讓我回想起還在靠肉身戰鬥的那個時候。不，這不算什麼！我現在和那個時候也差不了多少！無論何時，我的敵人都比我強上好幾倍！愛西亞對我射出恢復之力，治好了我的傷……好了，接下來該怎麼辦呢！

「喝！」

「這招怎樣！」

潔諾薇亞和伊莉娜砍了過去，但她們不久之前才發出足以轟散八岐大蛇的氣焰，兩人的體力還沒恢復！

面對兩把聖劍的攻擊——那個傢伙以雙手的手指分別夾住劍刃就擋了下來！

「惡魔女孩和天使小妹的同時攻擊！讚喔！可是可是，這種攻擊還奈何不了叔叔喔！」

他從掌心發出魔力波動，將兩人遠遠彈向後方！

「潔諾薇亞同學！伊莉娜同學！」

愛西亞對陷入危機的朋友發出恢復之光！

我再次逼近那個傢伙，試圖從零距離發出經過倍化的攻擊——但他只是輕輕碰了一下，我的鎧甲便第三次遭到解除！然後我就遭受到魔力彈的攻擊！

……我全身上下感受到難以言喻的痛楚，身上每一個角落都噴著血！再這樣下去，我會因為失血過多而倒下！

「……可惡，至少要打中一下……！」

我再次穿上鎧甲，並以緩慢的動作站了起來。

李澤維姆伸出食指，左右晃了晃說道：

「你繼續穿著那身鎧甲是不行的喔。那麼，就憑肉身攻擊看看吧？但這樣也沒意義啦。因為——」

他把臉貼了過來，以嘲笑的表情直截了當地說：

「要是沒有那身鎧甲的話，你就只是一個狗屁雜碎的惡魔嘛。」

……………這種事情我早就知道了。儘管如此，那怕只有一拳也好，我還是要想辦法揍到你這個傢伙才甘心……！只要能夠解放那個能力……！德萊格，拜託你設法趕上！

「一誠！」

「一誠！」

潔諾薇亞和伊莉娜儘管渾身是傷，依然拿起聖劍，攻向李澤維姆！

「杜蘭朵和奧特克雷爾！嗯──竟然可以看見這兩把劍同時揮向我，真令人懷念～～！而且還加上了王者之劍……感覺真棒♪」

面對兩名劍士猛烈的斬擊，李澤維姆只靠基本步法就躲開了！再怎麼說也是魔王之子是吧！只靠體術就能超越我們！

「只要能打中一下……！」

潔諾薇亞的嘴角掛著血，依然還是高速揮動著聖劍，並且夾帶著破壞的特性！她不時還伺機發出經過擬態的斬擊，但竟然連這樣的斬擊也被發現，還被躲過！最後，李澤維姆甚至伸手抓住變成鞭狀的刀身，把潔諾薇亞拉了過去，往她的腹部奮力一踢！

「咳喝……！」

踢腿的衝擊讓潔諾薇亞彈飛得老遠！

「潔諾薇亞！……你竟敢！」

伊莉娜增強了奧特克雷爾的神聖氣焰，攻向李澤維姆，但是被他以空手奪白刃的方式接了下來。

「其實妳的劍路很不錯。不過，大概是因為那個吧，妳在打倒八岐大蛇的時候耗掉太多力量了。不過，即使沒有這個因素，妳也奈何不了我就是。」

說著，李澤維姆硬是搶過伊莉娜的聖劍，並且朝她的腹部打出一掌。

「……咳喝！」

伊莉娜也和潔諾薇亞一樣，猛然飛了出去。

「……怎麼會這樣。」

伊莉娜的爸爸受到毒素侵害，只能在一旁觀看戰況。

我也站了起來，試圖發動攻擊，但是——

「來，在背後喔～」

卻被他繞到背後來了！我瞥見背後的魔力光芒！隨著盛大的爆裂聲，我毫無防備地中招，當場倒地……

「……呼啊！」

……鎧甲被打碎，就連意識也差點瞬間中斷……！我趴倒在地上……不妙……受了這麼重的傷應該要感到疼痛才對，但我的痛覺……越來越遲鈍了。或許是因為流了太多血吧，手腳也開始發麻了……

趴在地上的我，只能以變得模糊的視線看見李澤維姆朝愛西亞走去。

「那邊那位小姐呢？妳想跟叔叔玩嗎？」

李澤維姆開心地接近她。而愛西亞身前——有黃金龍王擋著。

『——本大爺，要保護小愛西亞。』

「哎呀，是龍王耶。你要站在我面前啊？這樣好像也很好玩～想和叔叔打一架嗎？」

李澤維姆對法夫納使出魔力彈。法夫納躲也不躲，把自己當成愛西亞的擋箭牌，正面接下那個傢伙的攻擊。

正面受擊的龍王。即使牠是個耐打的肉盾，身體的表面也因此綻開，噴出血來。愛西亞則是立刻治好了牠的傷勢。

李澤維姆似乎覺得法夫納以身為盾的行動很有意思，竟然就此連續射出魔力彈！

因為知道愛西亞就在自己背後，法夫納完全沒有逃避，正面接下了所有攻擊！

……龍王身上冒著煙。牠全身上下都因為李澤維姆的魔力而皮開肉綻。李澤維姆攻擊規模不大，卻相當濃密。只要中了一發，大部分的人都會受重傷吧。即使是耐打的龍王也——

接著，法夫納依然繼續正面承受李澤維姆的攻擊！即使愛西亞跳出來想要分散目標，法夫納也是用尾巴捲起她，不讓她那麼做。要是愛西亞離開法夫納身邊的話，這個男人肯定會喜出望外地朝她發出魔力，而龍王也很了解這一點。所以，牠打定主意，要自己接下所有對準愛西亞的攻擊——

「法夫納先生！請你快逃！再這樣下去……！」

愛西亞放聲大哭。她觸目所及，恐怕只有跪倒在地之後依舊扮演好擋箭牌的龍王而已。

法夫納以和平常沒什麼兩樣的口吻說：

『沒問題。本大爺，要保護小愛西亞。』

看見這幅景象，李澤維姆放聲大笑：

「嗚哈哈哈！真是堅強！為了保護自己的美少女主人，那位偉大的龍王竟然如此拚命！但是但是，叔叔看見這種戲碼也不會手下留情喔！反而會覺得更有趣，攻擊得更激烈啊！」

那個傢伙的魔力砲擊越演越烈！法夫納已經受到連愛西亞的恢復也跟不上的重傷——而且全身都是。

「別這樣！快逃啊！求求你！」

無論愛西亞再怎麼吶喊，法夫納也只是這麼說：

『本大爺，要保護小愛西亞。』

「為什麼……你要為我做到這種程度……」

承受著魔力彈的同時，法夫納說：

『…………小愛西亞，是第一個對本大爺微笑的女生——所以，本大爺要保護妳。本大爺活著，就是為了隨時準備為小愛西亞而死。』

…………

……你這個傢伙，竟然是抱持著這等覺悟嗎……

……打從一開始，你就是帶著如此的決心，站在愛西亞身前的嗎……

儘管吐著血，法夫納仍繼續說：

『……本大爺，只是身體巨大又強健，力氣也比其他龍族大而已。不知不覺間，就獲封龍王了。自尊什麼的，本大爺不太懂。但是，本大爺有能力保護一個女生──這一定就是，本大爺身為龍王的自尊吧。』

「……法夫納先生……！」

聽了龍王的決心，愛西亞只能用手摀著嘴，不停嗚咽。

「……求求你……別再站起來了……」

龍王當然聽不進這種要求。愛西亞忍不住揮開了法夫納的尾巴，站到李澤維姆面前，像是要保護法夫納一樣。

看見這一幕，魔王之子笑了。

「嗚哈哈哈，妳也很堅強呢～居然敢站到我的面前！」

「……可以請你住手了嗎……！為什麼，你總是要做這麼殘忍的事情呢……？」

「當然是因為我是魔王之子啊。不做一大堆壞事的話，豈不是當假的了？」

愛西亞喊出她的心聲：

「……我和一誠先生還有大家，都只想和平度日罷了……！你總是做這麼殘忍的事情，也只是遭別人憎恨、害別人難過……」

「嗯嗯，就是～我很殘忍～～會遭人憎恨～～會害人難過～～所以——那又怎樣？」

啪的一道清脆的拍打聲響起。

那個傢伙打了愛西亞一個巴掌。

「呀啊！」

愛西亞為此不禁倒地。看見這幅光景……就已經足以燃起我心中的某種情緒了。

……那個傢伙，竟然……打了愛西亞……！

……我明明已經沒有什麼力氣了，卻鞭策著自己的身體！

……我的寶貝愛西亞被打了，我又怎麼可以躺在這裡……！沒錯，這個傢伙果然是狗屎混帳當中的狗屎混帳啊！

——不打他一拳我可不會甘心啊————！

「愛西亞同學！」

「……你這個傢伙，竟敢打愛西亞……！」

「愛西亞……你這該死的傢伙……！」

伊莉娜、我還有潔諾薇亞，所有人都因為愛西亞的危機而臉色大變！對我們來說，愛西亞……是非常重要的存在！絕對不容許任何人傷害到她！

在我們緩緩站起來的過程當中，李澤維姆也只是一直笑。

「嗚哈哈哈，你們的眼神都不一樣了呢～～哎呀，我是不是揍飛了一個人見人愛的人物啊？那如果我這樣做，你們會更生氣嗎？」

那個傢伙對準愛西亞伸出手！他打算發射魔力！

「住手——！你這個混帳東西——！」

憤怒……讓我站了起來！愛西亞……我的寶貝家人都被揍了，我又怎麼可以躺在地上！絕不輕饒！無論是誰傷害了愛西亞——！

「我都不會放過啊——！」

在我如此怒吼的同時——卻感到背脊一涼。

……因為，一個散發出危險氣焰的東西，就映入我的眼中。

渾身噴著血的法夫納，狠狠瞪著李澤維姆。

『………不准欺負小愛西亞……不准欺負小愛西亞——！』

法夫納身上散發出來的壓力，嚇得我全身上下的毛孔大開！

……那個傢伙是怎麼了……？

「嗚哈哈哈，你果然是龍王嘛！身體都變成那樣了，還有那麼驚人的眼神。多拿出一點真本事來——」

李澤維姆的話還沒說完，法夫納已經高速衝了過去，張開大嘴發動突擊！他應該已經沒有體力了才對。在剛才的防禦當中應該已經耗盡一切，倒地不起了才對。但那隻金黃色的龍卻還是帶著凶暴的眼神，攻向路西法之子！

『你弄哭小愛西亞……！你這個傢伙弄哭小愛西亞了——！』

李澤維姆腳邊的影子當中冒出一個嬌小的人影——是奧菲斯的分身，莉莉絲！

莉莉絲站到李澤維姆身前，製造出防禦障壁——但法夫納最後的爆發力卻咬碎了障壁，一點一點進攻到李澤維姆身邊！莉莉絲暫時收起防禦障壁，直接一拳打在法夫納的臉上！強烈的打擊聲傳遍四周，但龍王毫不退縮，反而前腳一掃，揮開莉莉絲！多麼強硬的攻擊！儘管莉莉絲毫髮無傷，但是她被掃開了也是事實！

在莉莉絲站穩之前，法夫納已經從口中吐出極大的火焰，攻向李澤維姆！那個傢伙輕而易舉地以魔力掃除火焰——但黃金龍王的身影已經不在他眼前了！

——牠飛上了天！

儘管巨大的身體上並沒有翅膀，法夫納依然縱身一躍，在高空張開大嘴，對準下方的李澤維姆！從牠的嘴裡飛出來的——是帶有強大氣焰的利劍、長槍、斧頭！牠從嘴裡吐出傳說中的道具嗎！

李澤維姆以魔力彈開攻向他的各種道具，但被彈開的道具改變了軌道，繼續追擊著他！籠罩著火焰或是凍氣的利劍、帶有雷電之力的長槍、散發出邪惡波動的斧頭，無數道具在空中飛舞，攻向李澤維姆！但是，攻擊他的不只傳說中的道具，就連法夫納本身也發揮出不像那巨大的身體所擁有的速度，追著那個傢伙！即使中了魔力彈——龍王依然不當一回事，繼續衝刺！牠的眼神當中只有熊熊燃燒的怒火……！

「嗚哈哈哈！什麼嘛，你明明就可以讓我感受到如此沉重的壓力啊！」

面對正面衝向他的法夫納，李澤維姆以膨脹到極大的魔力彈迎擊！好大的魔力彈！要是被那種攻擊打中的話……！可是，以牠衝過去的速度也來不及閃躲了——眼看著李澤維姆的魔力彈就要命中法夫納——但事情並沒有發生！魔力命中的瞬間，法夫納的身影逐漸消失。簡直就像是幻影一樣——沒錯，那是幻像！是偽裝的！

「——！竟然是幻影？是牠體內的傳奇道具的功效嗎！」

這招出乎李澤維姆的意料，讓他嚇得瞪大眼睛。這時，一個巨大的身影從他背後直線攻向李澤維姆．李華恩．路西法！

李澤維姆展開防禦魔法陣——但龍王張開的大嘴輕易咬碎那個魔法陣，攻向前路西法的兒子！

「噗茲！」——一道悶聲響起。

「…………！不會吧……？」

法夫納的衝刺攻擊，將李澤維姆的左臂從肩頭扯了下來——

『本大爺絕對不會饒過弄哭小愛西亞的傢伙！』

瀕死的法夫納展開猛攻——

那對於李澤維姆而言，想必是超乎預期的攻擊。那充滿邪氣的笑容從他臉上消失，只剩下驚愕的表情。

龍王的執著——

號稱龍之王的牠，雙眸閃爍著令人毛骨悚然的憤怒之色。

『饒不了你！饒不了你！饒不了你！』

法夫納立刻展開追擊！李澤維姆不停閃躲，但法夫納依然執拗地追著李澤維姆！……好深的執念啊！那股在完全撂倒對手之前不會罷休的強烈激情刺痛了我的肌膚……！

強如李澤維姆，對於法夫納執拗的攻擊也難掩驚訝。

——他只做了一件事。

加害於愛西亞。

然而，這已經足以觸及黃金龍王的「逆鱗」了。

我回想起老師之前告訴過我的話。

——千萬不能激怒龍，這是從古流傳至今的道理——「逆鱗」究竟是什麼東西？一旦你觸碰到了，即使對方是下級龍族，也將足以讓你了解到這一點。龍是絕對不能激怒的生物。

觸及龍的「逆鱗」——這就是李澤維姆犯下的錯。法夫納的憤怒，就連同為龍族的我看了也不禁感到一股寒意。

面無表情的莉莉絲看見法夫納燃著憎惡火光的眼神，也稍微皺起眉頭：

「…………李澤維姆，這隻龍，和莉莉絲有一樣的味道。」

聽她這麼說，李澤維姆似乎想通了什麼事情。他以魔力拾回斷開的手臂，抵在肩頭上，接了回去。

「……這樣啊，原來是這麼回事……奧菲斯的『朋友』真是棘手呢。照理來說，龍神原本不應該有『朋友』才對。不錯不錯，見識到好東西了，我會好好記住的。」

和剛才不同，他露出了近乎真實的表情。

——這時，德萊格在我體內說：

『搭檔！風頭都快被法夫納出盡啦！我們也該出招了！——我的能力已經獲得解放，現在的你應該有辦法運用才對！』

你有點慢啊，德萊格。愛西亞都已經挨揍了耶。

不過，就某方面來說也算是時機正好。畢竟，現在正是我想揍扁這個傢伙的衝動到達頂點的時候啊——————！

我穿上鮮紅色的鎧甲。那個傢伙看了，笑著說：

「嗚哈哈哈哈！你還來這招啊！沒用沒用沒用啦！」

我不予理會，飛了出去。就像剛才一樣，我近乎魯莽的正面衝撞而去！

李澤維姆揚起嘴角，準備迎擊！

「只要你的力量是藉由神器(sacred gear)輸出——就沒用啦！」

那個傢伙伸手碰了我的鎧甲——鎧甲遭到解除，但手甲的部分還在！

我直接順勢往李澤維姆臉上奮力揍了一拳！同時寶玉發出新的語音！

『Penetrate!!』

那個傢伙正面遭受拳打，往後方飛得老遠！

倒在地上的李澤維姆喃喃說了：

「…………這是……怎麼回事……？」

他的語氣聽起來難以置信，躺在地上擦了擦自己的臉。大概是在擦自己噴出的鼻血吧。

我慢慢走了過去，抓住倒在地上的那個傢伙的頭髮，接著又是往臉上揍了一拳。

他依然是一臉難以置信的表情，在地上滾了好幾圈。

我走向他，同時說：

「——這是生前的德萊格曾經擁有的能力之一，『穿透』。我的力量直接傳達到你身上了，就是這樣而已。」

沒錯，這就是德萊格找回來的能力。德萊格的能力——「倍增」、「轉讓」，還有就是「穿透」。

李澤維姆挺起上半身，不住顫抖：

「…………你靠『穿透』能力，穿過了我的『神器無效化(sacred gear canceller)』嗎……？怎麼可能有這種蠢事！我的『神器無效化(sacred gear canceller)』！無論是面對任何神器(sacred gear)，還是神滅具(longinus)，全都一樣！全——部，都可以無效——」

那個傢伙的話還沒說完，我又接著朝他的臉上打了一拳。我的雙手雙腳都已經龍族化，為的是將龍之力發揮得更淋漓盡致。

「咕哇————！」

……或許是因為我也沒什麼體力了吧，每打一拳，衝擊便竄過我全身，讓我幾乎快要倒下。但是，還早得很。我還不能倒下，我還得多揍這個傢伙幾拳才能消氣！

我一步一步走向一臉茫然的李澤維姆——一拳、一腳、一拳，最後又是一腳！

「咕哇！噗哈！那是……怎樣？那是怎樣——！」

「如果只是普通的龍，普通的神器(sacred gear)，對你應該不管用吧。」

為了打倒歐幾里得，我用了神滅爆擊砲，所以力量尚未復原，並非處於最佳狀態。

「不過，看來只要有『穿透』之力，就有辦法揍你了。」

搖搖晃晃的我這麼說。李澤維姆似乎想到了什麼，忍不住笑了出來。

「……原來如此～～這樣啊這樣啊……！這就是唯一得到無限與夢幻的存在是吧……！這樣啊，瓦利……你之所以如此著迷！你的心中並非只剩下憎恨的真相就是這樣嗎！」

李澤維姆如此大喊。德萊格以那個傢伙也聽得見的聲音說：

『路西法之子啊，你以為自己在與什麼為敵？是聖經之神也忌避的力量結晶——龍族啊。我、白龍皇、法夫納，全都不是你可以小看的對象——只要有那個意思，我們都能夠靠純粹的暴力消滅世界好幾次。之所以沒那麼做，是因為我們比你更享受自己的生活方式。』

德萊格說了出他曾經說過的話。

『——區區的神祉、區區的魔王，都不准妨礙我們享樂。』

聽牠這麼說，李澤維姆一邊擦著血，一面站了起來。

「……那和三大勢力的戰爭時，二天龍對上帝和魔王吼過的台詞很像呢。」

我也跟著德萊格如此宣言：

「我也下定決心了——為了當上後宮王，無論是魔王之子，還是任何神祇，我全都要狠狠揍扁你們！我要和莉雅絲、愛西亞還有朱乃學姊、伊莉娜跟潔諾薇亞，和大家一起過著有趣歡樂又幸福的生活！」

在我如此吶喊之後，背後傳來令人振奮的波動。

「一誠！」

「一誠同學！」

莉雅絲、木場！大家都趕到了！就連曹操也在！

「嘿，看來是趕上啦。」

杜利歐也來了！對付克隆．庫瓦赫，居然還能夠來到這裡！

看見「D×D」成員陸續到齊，李澤維姆自嘲地笑了笑。

「嗚哈哈哈！你們的人馬都到齊啦。這就表示……哎呀，量產型格倫戴爾和拉冬老師都遭到殲滅啦。恐怖喔～～『D×D』小隊的突破力恐怖到極點啦！」

就在我們雙方對峙時，第三者的聲音從天而降。

「——呵呵呵，居然敢在天界說出那種話，不愧是現任赤龍帝。」

大家的視線——都集中到從空中翩然降臨的天使長米迦勒先生身上！

「——米迦勒大人！」

被夥伴抱起來的伊莉娜也吃了一驚。米迦勒先生說：

「我來遲了。施加在天界各處的封印結界終於解除了。他們之所以能夠控制住天界的各個大門，是因為用了阿日・達哈卡的禁術。為了避免影響到『系統』，在解咒時花了不少時間……但是在解咒的同時，我們在最上層——第七天也張設了厚實的守護結界，所以即使我們死了，邪惡之樹也進不去吧。」

米迦勒先生看向李澤維姆：

「好了，李林。好久不見了呢，上次見到面是在那場戰爭當中了吧。既然你無禮地踏進這神聖的領域，也要請你有相對的覺悟……話雖如此，你好像已經被打得很慘了呢。」

米迦勒先生的臉上——換上了冷淡的表情。

「不過，我也不會對你仁慈。」

米迦勒先生對天舉起手——上空便冒出無數大到誇張的巨大光之長槍！要是中了粗到那種程度又充滿光力的長槍……任何惡魔都不可能沒事！

米迦勒先生不留情面將手向下一揮，強大的光之長槍便朝李澤維姆落下！長槍觸地的瞬間，引發了大質量的爆炸！米迦勒先生以守護結界保護我們，免受爆炸餘波侵襲，但李澤維姆就不一樣了。他一根又一根正面接下極大的光之長槍。

「哈——哈、哈、哈、哈、哈、哈！哈、哈、哈、哈、哈、哈、哈——！」

伊甸園裡發生了一波又一波的大規模爆炸，就連地形也大幅遭到改變。在爆炸當中，他依然只是不斷狂笑。

——這時，在光之長槍引發的爆炸當中，冒出十二根黑色的柱子。柱子逐漸擴張、彎曲……簡直就像是羽翼。不，這是——

光之長槍的攻擊平息之後，位於爆炸中心的，是長出六對黑色羽翼的李澤維姆。

我記得那種羽翼的形狀。沒錯，那是在三大勢力和議的時候。我的宿敵——瓦利在背後展開的黑色羽翼！路西法的……黑翼！

李澤維姆承受住了光力攻擊，背上長出黑色羽翼的他，摸著下巴說：

「哎呀——該怎麼說呢……啊——應該是這樣吧——是我的錯，我真的太小看你們了。沒有啦，因為事隔幾百、幾千年才動身，剛行動的時候總是難免興奮過頭嘛。」

自我解了嘲，並抓了抓後腦勺，李澤維姆嘆了口氣——然後露出前所未見的冰冷眼神。

「遊戲就到此結束了。叔叔——不，身為前路西法之子，我決定將各位列為阻礙我的夢想的宿敵。」

……語氣、壓力，全都改變了……！以犯行為樂的表情、氣氛，甚至連那樣的氣息都從他身上消失了。

但是，我毫不介意地說：

「——那又怎樣？你現在才開始假正經，之前幹過的壞事也不會有所改變，之後想幹的壞事你也不會罷手吧？既然如此，我們要在這裡打倒你，解決這一切。」

——但李澤維姆搖了搖頭說：

「不，這次我要撤退了——因為我的目的已經達成了。」

說著，那個傢伙從懷裡拿出某樣東西。

「——那是！」

米迦勒先生顯得非常驚訝！

李澤維姆手上的，是兩顆果實。

「這些是智慧之果與生命之果。」

——！就是聖經裡面出現過的那個嗎？為什麼這個傢伙會有那種東西！那兩棵樹不是已經不結果了嗎？

「為什麼！那兩棵樹應該已經不結果了才對啊！」

伊莉娜說出我的想法。

李澤維姆摸了摸手裡的果實，同時說：

「是啊，樹已經不結果了——但如果是事先『保存』起來的果實，就另當別論了吧。」

他露出得意的笑說：

「我的母親是莉莉絲，是聖經當中記載的那個莉莉絲。家母以前還是人類的時候，曾經待過伊甸園，也就是亞當的第一個妻子。」

這個我知道。她是亞當的前妻。他說的不是這個奧菲斯的小分身莉莉絲，而是莉莉絲本尊是吧。

李澤維姆繼續說了下去：

「我從小就經常聽家母莉莉絲說：『我趁上帝不注意的時候，偷偷將生命之果和智慧之果藏在某個地方呢。』──而且還說得很得意。我這趟就是來找看看是不是真的……結果還真的有。只是已經完全風乾，失去了力量。不過……」

米迦勒先生接在李澤維姆後面說了下去：

「你想用聖杯讓果實復活吧。不過，她是藏在天界的哪裡？長久以來，我們都沒感應到果實的存在。」

「──是煉獄。煉獄的深處。就藏在通往冥府的密道內。」

……等一下。藏在煉獄……通往冥府的密道？這、這樣的話，不就沒有攻進天界的理由了嗎──

李澤維姆像是察覺到我的想法似地說：

「反正那裡也和天界互通，我們就趁找果實的時候順便利用阿格雷亞斯來了一趟，只是這樣而已。」

——順便。只是順便，就發動了這樣的攻擊嗎……！這個傢伙果然是惡意的結晶……！

居然只是為了鬧我們一下，就來這裡把事情搞到這麼大嗎！

『…………』

大家都默默對那個傢伙發出戰意——但是，有個嬌小的身影守住了他。

「……保護，李澤維姆。」

——是莉莉絲。

那和奧菲斯一模一樣的姿態，總是會軟化我的戰鬥意識。

李澤維姆也因為莉莉絲介入我們之間，輕輕嘆了口氣。

「……難得耍帥一下，被小孩子一搞也沒興致了吧。」

那個傢伙腳底冒出閃閃發亮的轉移魔法陣：

「那叔叔要回去了，這讓我醒過來啦——兵藤一誠，改天見。」

我是很想說「別想逃！」，但體力和血液都已經所剩無幾，再也動不了了。還能動的夥伴們原本試圖發動攻擊，但是因為有莉莉絲護著他，大家也都和我一樣，表情相當複雜。米迦勒先生之所以無法攻擊，除了有莉莉絲在以外，也因為邪龍已經靠到他身邊來了。

——克隆．庫瓦赫的身影出現在我們附近。

看來，他和杜利歐不是打成平手，就是決定擇日再戰了吧。

「莉莉絲、克隆，我們回去吧。」

李澤維姆也叫了抵達現場的克隆・庫瓦赫。

但是，那個傢伙沒有回應李澤維姆。

「……克隆？」

李澤維姆又問了一聲，但邪龍依舊無聲地拒絕。

「好吧，這樣也無所謂。」

李澤維姆搖了搖頭，眼看他就即將消失在轉移之光當中。我最後對他說：

「李澤維姆——將會打倒你的不是我，就是瓦利。這點絕對不會改變。」

李澤維姆——在消失之際，露出了開心的笑容。

Next Life.

邪惡之樹連同阿格雷亞斯一起撤出天界之後，我們在第四天稍事休息。只有伊莉娜的爸爸立刻被緊急送往第五天的醫療設施。真希望他可以盡快完成解毒療程……

邪龍大軍和阿格雷亞斯一起消失了……天界方面的損害似乎也不小，但幸好對「系統」沒有造成什麼影響。

米迦勒先生向曹操道謝：

「感謝帝釋天大人派你來救援。」

「我也沒想到自己能夠進入天界呢——再怎麼說我也是帶罪之身。而且，這次我之所以會來，其實是黑帝斯大人提供的情報。」

他的報告讓大家都吃了一驚……黑帝斯提供的情報？可是，這次告訴邪惡之樹通往天界的後門的，不就是那個骷髏神嗎？

「……黑帝斯以為這樣就可以扯平了嗎？或者，祂只是雙方都想妨礙，並以此為樂？」

莉雅絲如此自言自語。

米迦勒先生沒有多想，對曹操說：

「再怎麼說你也是聖槍選上的人。只要沒有敵意，我們也不會對你無禮。」

「呵呵呵，但聖槍可是刺殺耶穌的武器呢。看來天使長大人真是心胸寬大啊。」

曹操轉過身說道：

「那我就先走啦。」

見狀，我立刻叫住了準備離開的那個傢伙。

「等、等一下！」

因為我有件事想確認。

「……你是敵人嗎？是『禍之團（Khaos Brigade）』嗎？」

曹操抬頭望著天空說：

「……至少，我已經不是『禍之團（Khaos Brigade）』了。現在，我在帝釋天身邊擔任祂的尖兵。應該說，如果表面上的尖兵是第一代孫悟空的話，我就是背地裡的尖兵了，主要都是負責一些見不得光的事情。而我現在並沒有打算立刻加害你們。」

莉雅絲聽了便說：

「居然把闖下滔天大禍的你放在身邊，真不知道帝釋天在想什麼。這樣到底違反了多少條約啊？」

曹操聳了聳肩說：

「妳對我說這個也沒用啊。那位天帝也不過是因為一時興起，才留下我這條命罷了……我也忍不住覺得，和現在的定位相比，帶著野心和夢想加入『禍之團（Khaos Brigade）』的自己，才像個小丑似的。」

「一點反省的意思都沒有呢。」

木場皺著眉說。

曹操嘆了口氣：

「反省……啊。對抗非人者的我，在立場上到底該反省呢，還是該誓言復仇呢……人類對非人者挑起的戰鬥是『正義』，還是『罪惡』？現在的我連好好回答這些問題的權利都沒有，只是個虛無的存在罷了。」

……這個傢伙還是一樣，淨說些讓人聽不懂的話。

莉雅絲又問：

「其他的神滅具（longinus）持有者呢？」

「妳說格奧爾克和李奧納多嗎？他們還在冥府啊。格奧爾克……呵呵，他在冥府研究死神（grim reaper）使用的術法。正確說來，他是和被送進冥府的知名魔術師們的靈魂，一起埋首於研究魔法理論呢。」

……竟然有這種事情。英雄派真的都是一堆莫名其妙的傢伙呢。

曹操繼續說：

「他還說暫時沒打算回來這邊呢。真是的，我實在搞不懂魔術師的價值觀。李奧納多似乎也挺喜歡冥府的氣氛，和格奧爾克一樣不打算回來。」

他拿長槍在肩膀上敲了敲，然後自嘲地說：

「有所留戀而回到現世的……只有我一個人——如果對於你們而言，我依然是怨恨的對象的話，無論任何時候，想制裁我就儘管動手吧。當然，我也不會乖乖受死就是了……」

……感覺是叫他讓我揍一頓，但他也會全力反擊的樣子。

「……我可以相信你嗎？應該說，你為何要回到地上來？既不是為了復仇，也不是為了贖罪對吧？」

我這麼一問，他便看向遠方，出神地說：

「……我到底想成為什麼？為什麼帶著這把長槍誕生？我只是想再次找到答案罷了。」

這個傢伙老是這樣，淨說些讓人聽不懂的話。

「尋找自我啊，真不像你。」

「我之前之所以會那麼做，本來就只是因為在尋找自我之後得到了那個答案而已。」

根本只是在找別人麻煩嘛！拜託你別跟我們扯上太多關係好嗎！

「要是你這次找尋自我，得到的答案又是繼續完成之前的行為的話，你打算怎麼辦？」

聽木場這麼問，他搖了搖頭：

「……繼續完成……不可能的，我的夢想已經被赤龍帝完全破壞了。下一個夢想——」

然後，曹操看著我說：

「——是打倒赤龍帝兵藤一誠。我認為，自己只有在打倒你之後才能夠完全復活。今天——不，不久之前，我再次確認了這一點。」

…………

他打算站到我面前啊。也罷，他要來的話我就打倒他，就是這樣而已。

大概是想說的話都說完了吧，曹操揮了揮手，準備離開。

「那我先走啦。帝釋天要我負責攻擊邪龍和支援你們，所以有緣還會再相逢吧。」

莉雅絲最後問了一句：

「最後我再問你一件事。如果，帝釋天要你和我們戰鬥的話呢？」

「……那就到時候再說囉。只是，兵藤一誠。下次和你戰鬥的時候，我不會再靠梅杜莎之眼和薩邁爾了。我會憑著最原本的自己挑戰你。」

「那我也一樣不用薩邁爾之毒，正面撂倒你。」

我和曹操對彼此露出毫無畏懼的笑。那個傢伙——看了我們一眼之後，便離開現場。

看見這幅光景，潔諾薇亞不住低吟：

「吶，伊莉娜……最近我開始認真考慮，是不是該把那些拿一誠當目標的男人們，也排進我們的順序之中了……」

「呃……這樣排下去的話，兩隻手的手指都會不夠用喔……」

伊莉娜開始數手指。

「……別這樣好嗎，我說真的。」

我真心感到沮喪……不，太過配合的我固然也有錯，可是，對方都如此熱情邀約了，我也會忍不住想帥氣地回應啊！啊！難不成我就是錯在這裡嗎？熱情的回應難道只會讓那些臭男人更加熱情嗎？

——這時，有個黑影推開天使軍隊，朝我們這邊走了過來。

是克隆．庫瓦赫。那隻邪龍站到我面前，靜靜地問：

「你是……龍族？還是惡魔？」

……連這個傢伙也要問我這種莫名其妙的問題嗎？

「不，我也不清楚……」

我只能抓抓自己的臉頰這麼回答。而那個傢伙光明正大地說：

「我的夙願是見證龍族的未來。」

他正面看著我，明確地問：

「你就是我的答案嗎？」

「不，我也不知道……」

我不知該如何回答，但他倒是戰意十足。

「──和我戰鬥吧。」

「咦……？現在？在這裡？」

我都感到困惑了！因為，現在已經整個進入戰鬥結束的氣氛了啊！不過大家都以為我會和克隆．庫瓦赫打起來，開始進入備戰狀態了！我已經很累了啦！──不過，就算我這麼說，邪龍也聽不進去吧……？

沉默了半晌。終於，邪龍開了口：

「不行……是嗎？」

「讓……讓我休息一陣子……之類的，可以嗎？」

總之，我決定先試著問問看……邪龍在一陣靜默之後，突然解除架勢，轉身離去。

「……………那麼，我走了。」

真的假的……居然聽進去了喔！就連我也被這個反應嚇到！

「你要回邪惡之樹嗎？」

我這麼問，但他搖了搖頭說道：

「不，我對那裡已經沒興趣了。我會躲到自己喜歡的地方去。人類世界對我來說，已經是熟門熟路了。」

只留下這麼一句話，那個傢伙便展開黑色的雙翼，飛向天界的彼方。

……離開是無所謂，但牠想怎麼從天界下去啊。算了，以牠的力量而言，來硬的也下得去吧……

沒有理會因為克隆．庫瓦赫的行動而困惑的我，米迦勒先生面帶微笑，對伊莉娜說：

「伊莉娜，妳表現得非常好。不愧是我的A(ace)。」

最尊敬的天使長如此稱讚自己，讓伊莉娜紅了臉。忽然，伊莉娜似乎是冒出了好奇心，問了米迦勒先生：

「米迦勒大人，現在問這個問題好像不太適合，但是……」

「什麼問題？」

「——為什麼，您會選我當A(ace)呢？」

這確實令人相當感興趣。我也很好奇。為什麼米迦勒先生會選伊莉娜當自己的A(ace)呢？

「喔，原來如此。」

米迦勒先生拍了一下手，然後豎起一根食指反問：

「在人類世界，打開一盒新的撲克牌時，首先看到的是哪一張牌？」

「……黑桃Ａ。」

小貓立刻答了出來。的確，第一張看到的會是黑桃Ａ。

米迦勒先生點了點頭說：

「沒錯。也就是說，我希望自己的Ａ（ace）是一個最能夠代表轉生天使——最能夠代表『神聖使者（brave saint）』的人。天使伊莉娜，妳的個性天真浪漫又耿直，具有敬愛的精神，更是虔誠的信徒。而且，妳能夠和任何人打成一片。要代表未來的天使，妳是最適合的人選。」

……原來還有這層意義啊。這個Ａ（ace）的位置，隱含了伊莉娜的個性，還有米迦勒先生的心願。米迦勒先生正色對伊莉娜說：

「希望妳今後能夠繼續『神聖使者（brave saint）』的表率。」

知道真正的原因，並為此感動落淚的伊莉娜，使勁地點了點頭說道：

「是！我會竭盡全力，盡忠職守！阿門！」

如此一來，所有事情都解決了。杜利歐坐在原地，睡得很沉。聽說，他化身為禁手（balance breaker）跟克隆·庫瓦赫奮戰……和那隻邪龍正面對決竟然還能活著回來，真是太令人佩服了。不，我原本就相信他能夠活下來，但沒想到竟然能夠如此平安！不過，對方看起來也沒受到致命傷就是了。儘管如此，我還是得說，不愧是我們的隊長！

……疲勞也在瞬間爆發的我原地躺下，並望著天空。

話說回來，那個「穿透」的能力。目前還只能讓我的力量穿透，而且能夠穿透的只有純力量。儘管如此，對付李澤維姆的時候還是充分發揮了作用就是……不過，如果練到能夠將這種特性轉讓給其他人的話，戰鬥方式又會有很大的不同了。

忽然，我轉念一想……這種力量，不知道有沒有辦法用在色色的事情上？比方說穿透瀰漫在天界的禁慾特性之類。

就在我如此心生邪念的時候，天界第一美女的聲音傳進我耳中。

「各位～～！米迦勒大人！大家都還好嗎～～？」

聽說加百列小姐剛好去人類世界出差，沒辦法趕回來。登場的時候，那對迷惑眾生的大胸部依然晃個不停。

……就是那對胸部！如果能夠毫無隔閡地看見那對胸部的話，該有多幸福啊！

……啊！無意間，我察覺到一件事！如把穿透之力轉讓到眼睛上的話會怎樣？打鐵趁熱！趕快來試試看好了！

我將穿透之力……集中在眼睛！

結果——我的視線範圍內的女生的衣服……逐漸變成透明！變透明啦————！

莉雅絲的胸部！朱乃學姊的胸部！潔諾薇亞的胸部！連伊莉娜的胸部也是！衣服變成透

明之後，一對對裸胸都映入我的眼中！

這、這就是穿透之力！太、太了不起了——————！

勢不可擋的我也看向加百列小姐！出現在我眼前的——是形狀、彈性、乳暈的顏色、大小、飽滿度，一切的一切都堪稱完美的熾天使乳房！這、這是……這種平衡度……！在我所知道的胸部當中也是數一數二……不，是超越了一切！這、這個世界上居然有這種乳房存在！啊啊，阿撒塞勒老師！我終於！終於看到了！看到天界第一的胸部了————！

「喔喔！那就是天界第一的尊乳————！神蹟啊！簡直就是神蹟啊————！」

我只能淚流不止，還一直祈禱！身為惡魔卻祈禱，即使有光環還是會讓我頭痛，但這種小事根本無所謂了！

——就把那對胸部當成乳神吧！沒錯，就這麼辦！

老師，我的煩惱果然還沒衰退！因為，我已經學會如何利用新的力量了！

『……嗯，真的。』

德萊格先生，你會不會太敷衍了？

正當我感動落淚的時候，之前的那些天界文字又出現在我身邊了！看來是墮天防止裝置又發動了嗎？

大家的視線都集中到我身上……被大家發現我在這種時候還是滿腦子邪念了。

「…………」

小貓眼睛半瞇起，一臉不屑的樣子。大家也露出無奈的笑。

「小、小貓……？不、不是，這個不一樣！這是有原因的！」

「……學長果然還是大色狼，回到家之後就開個反省會吧。」

是，非常抱歉，小貓大人……

Christmas.

「「「「「「「「「「「「「聖誕快樂！」」」」」」」」」」」」」

我們神祕學研究社成員加上學生會成員，以及其他參加企劃的人舉杯大喊。就連黑歌和勒菲也在。

天界的那場騷動之後，我們順利迎接了聖誕節，也發完禮物了。

我們也開始享受稍微遲了一些的聖誕派對。

在天界的那場戰鬥過後，我們回到第一天，大家都累癱在休息處了。愛西亞和還能動的成員為了救治受傷的天使們，一直努力到最後一刻。因為天界之門開啟了，後來來自人類世界的增援也趕到了。

……展現出毅力的法夫納，在愛西亞幫牠治療好傷勢之後陷入了沉睡……據說，牠可能暫時還無法恢復意識。不過，牠並沒有死，所以總有一天會醒來。愛西亞知道這件事之後也安心多了。這次，我在牠身上見識到龍族的執著。為了保護愛西亞，牠總是抱持著不惜一死的決心在戰鬥……誰叫牠開口閉口都是內褲，害我以為牠是個奇怪的傢伙，但不管怎麼說，牠終究還是值得尊敬的龍王之一。

至於伊莉娜的爸爸，為了觀察解毒之後的病況，行動上還不能太勉強，所以最後將發禮物的工作交給女兒負責了。而伊莉娜也連同父親的份，比別人多付出兩倍、三倍的努力，真是個模範女兒。

這個只有我們共聚的派對在兵藤家的地下舉行。杜利歐和葛利賽達修女也玩得很開心。在大家享用美食的時候，莉雅絲和朱乃學姊站上前去。

「這次聖誕節作戰，大家都辛苦了。」

如此慰勞了大家之後，莉雅絲說：

「請大家聽一下，我和朱乃有重要的事情要宣布。」

朱乃學姊微笑著說：

「呵呵呵，在這種時候宣布或許有點突然，但適逢聖誕佳節，我和莉雅絲決定趁這個時機告訴大家。」

兩人互相點了一下頭，然後開了口：

「——我要公布神祕學研究社的新社長和新副社長人選。」

——！

不只我們神祕學研究社的成員，就連學生會的大家也嚇了一跳。唯有蒼那會長看似知情的樣子，嘴角也帶上了笑意。

莉雅絲說：

「我擔任神祕學研究社的社長三年了，最注意的一點，就是不要留下特別強烈的限制給下一個世代。我希望接下來要繼承這個社團的社長、社員們也能夠記住這一點。神祕學研究社依照因時制宜的規則去運作、營運，才是最適合的方式。在這個前提之下……」

莉雅絲清了清喉嚨。

然後，她終於公布了人事安排。

「新社長是愛西亞，副社長是祐斗。」

——！這、這樣啊～～！木場的話我是多少有點這種預感，這個傢伙就算當上副社長也不足為奇。可是，沒想到社長是愛西亞啊！這完全出乎我的預料！愛西亞本人似乎也沒有料到會這樣，現在還是張著嘴，一臉難以置信的模樣。

莉雅絲繼續說了下去：

「選上愛西亞的理由，是因為我認為在社員當中，她一定是最能夠為神祕學研究社創造出新氣象的人。她一定可以帶領社團，朝著和我不同的方向前進……在我的想像當中，這樣做感覺最開心。」

接著，朱乃學姊說出選擇木場的理由：

「而讓祐斗當副社長，純粹是覺得連續兩任的社長和副社長都是女生，好像會固定下來，不太妥當……一方面是因為這樣，而更重要的是，男生感覺可以成為和全校男學生溝通的橋樑，這是我和莉雅絲討論過後的結論。」

「決定要讓男生當下一任副社長之後，到底該由一誠還是祐斗擔任，讓我們一直猶豫到最後。可是，一誠今後應該還是一樣行程滿檔，但又不能因此疏忽了社團活動這部分，所以才決定由祐斗擔任副手。」

……原來如此，還有這層理由啊。愛西亞當社長，是因為她能夠創造出前所未有的神祕學研究社。木場當副社長，是為了方便在未來和駒王學園的男學生交流……不過他這個型男反而很有可能會遭到男生怨恨，同時引來更多女生就是了！

莉雅絲問了他們兩個：

「所以，你們兩位願意接下這個職位嗎？」

「沒問題，我感到非常榮幸。」

木場爽快地答應了。愛西亞——則是還在困惑。

「……唔嗚！我、我、我、我、我……可、可是！」

「妳不願意嗎？」

聽愛西亞的聲音都拔高走調了，莉雅絲遞給她一杯水，再次這麼問。愛西亞喝了水之後，比較冷靜了一點，這才說：

「不、不是！我只是在想，由我當社長真的好嗎……一誠先生和伊莉娜同學比我還更有活力，認真的小貓和蕾維兒也比我更適任，我又這麼怕生，實在很擔心自己能不能勝任這個職位……」

我微笑著對愛西亞說：

「放心啦，有任何事情我們都會幫妳。最重要的是，愛西亞當社長的話，應該更能讓人拿出幹勁來！我也可以連續兩年想著『啊啊，為了心愛的社長』而努力！這對我來說還滿重要的呢。」

嗯！仔細想想，要是愛西亞當了社長，我不就也可以像今年一樣幹勁十足了嗎！啊啊，為了我心愛的愛西亞社長，不惜粉身碎骨也要衝啊，越想越覺得可以好好加油！

莉雅絲聽了開心地笑了。

「呵呵呵，我也覺得一誠應該會這樣，其實這也是決定這次人事的原因之一呢。」

木場也對愛西亞，還有社員們說：

「各位願意信任我的話，我也會在能力所及範圍內，協助愛西亞同學和各位社員。」

潔諾薇亞把手搭在愛西亞肩上說：

「愛西亞，這是個好機會，我覺得試試也無妨。可以當社團活動的社長，這種經驗可不見得會有第二次喔。」

「對啊對啊，如果是為了愛西亞同學，我也會拿出全力好好加油！」

伊莉娜也跟著這麼表示贊同。

「……愛西亞社長……總覺得聽起來很響亮呢。」

「是啊！為了愛西亞學姊……為了愛西亞社長的話，我也會努力！」

「我也沒有異議喔。」

小貓、阿加、蕾維兒似乎也表示贊成。

「愛西亞同學當社長感覺很不錯啊！」

匙也在一旁表示贊成。

「我也覺得很好，感覺應該會很開心吧。」

「嗯嗯，木場同學當副社長也很棒呢。」

西迪眷屬們也大力贊同。

那就沒問題啦！接下來就只剩愛西亞本人的意願了。

愛西亞沉思了一會兒，最後帶著笑容點頭說道：

「……我知道了，那我就恭敬不如從命！各位，我還只是年輕的一輩，什麼都不懂，接下來的一年還請各位多多指教。」

愛西亞一鞠躬，大家便齊聲回答：

「「「「「「是，社長！」」」」」」

愛西亞社長誕生了！好耶！明年又可以在神祕學研究社度過開心的時光了！

莉雅絲揉了揉自己的肩膀說：

「……啊——有種卸下肩頭重擔的感覺呢。」

「哎呀，我也是啊。接下來交給他們年輕人就好啦。」

朱乃學姊和莉雅絲都有同樣的感想，而蒼那會長和真羅副會長也加入了她們。

「那下次我們四個人一起喝個茶好了。」

諸如此類的，說些像是阿姨才會說的話！完全進入退休老人模式啦！

忽然，小貓一邊吃著蛋糕，一邊想到某件事情。

「那麼……我們以後該怎麼稱呼莉雅絲社長才好……？」

啊，對喔。愛西亞是社長的話，莉雅絲……會變成什麼？我也不知道！我現在都叫她莉雅絲所以是無所謂，但其他社員該如何稱呼她呢？

莉雅絲眨了眨眼，對小貓和木場說：

「這個嘛，叫我『姊姊』，或是『大姊姊』也可以喔！」

不過，小貓不以為意地說：

「不能叫莉雅絲社長嗎？總覺得已經叫習慣了……」

莉雅絲顯得有點受到打擊，但立刻忍不住笑了出來。

「也對。突然叫你們改口，一下子也改不過來吧，暫時就這樣叫也行喔。不過，可別忘了愛西亞才是新社長。」

看來，我們口中的「社長」暫時會有兩個人了。

宴席正歡。

我和莉雅絲悄悄窩在房間的一角，依偎著彼此。

我對莉雅絲說：

「莉雅絲，那個時候……在第一代巴力面前沒能說出來，但我——」

莉雅絲將手指抵到我的嘴上，露出微笑說道：

「呵呵呵，沒關係啦。你不用說出口，我也知道——我愛你，一誠。」

「我也是喔，莉雅絲。」

……八重垣先生，我、我們……絕對會在這裡平平安安地，過著平靜的生活。為了這個目的，我會繼續奮戰。

我在心中這麼想，並舉杯敬天。

我來到外面採買，而跟我一起來的——是伊莉娜。

在便利商店買完東西之後，我們兩個聊起那個約定。

「聖誕節的約定，該怎麼辦啊？」

「嗯——雖說是我們小時候約好的事情，但要襲擊聖誕老人啊……好像太激進了點。」

「對啊。」

我們兩個一起笑個不停。真的，襲擊聖誕老人到底是怎樣啊？雖然說是不懂事的小孩約定的事情，但我們怎麼會說出這麼莫名其妙的話來啊？不過，想要獨占那個袋子，愛拿多少禮物就有多少，這也是小孩子才會有的想法吧。

——這時，天上落下了某種輕飄飄的東西。

「——是雪耶。」

下雪了！這個時機也太棒了吧。

「變成白色聖誕節了呢……今晚的氣象預報明明就說是晴時多雲呢。」

我望著天空。哈哈哈，雖然發生了許多事情，不過有這種獎賞也算是足夠了吧。

「——吶，一誠。」

忽然，伊莉娜輕喚了我一聲。

「嗯？怎樣——」

就在我轉過頭去的時候……

——伊莉娜的唇，疊上了我的。

…………

……………或許是因為完全沒有料到會這樣，我……腦子一片空白。

……撇下僵在原地的我，伊莉娜紅著臉，轉了一圈，微微吐出舌頭。

「——天使之吻。誰教現在的氣氛這麼美好，害我忍不住想親一下呢。」

…………

不……不是，夜景的確是很美好沒錯……！在飄落的雪花當中有天使在微笑也很棒！

但、但是，接、接、接、接吻？

伊莉娜接著又說：

「其實這算是我的第二個吻呢，不過初吻也是和一誠就是了。」

「咦？我不記得耶……」

我真的不記得！什麼時候親的？我大吃一驚，但是真的完全沒有印象啊！

伊莉娜露出戲謔的笑說：

「呵呵呵，那當然啦。因為是小時候一誠在我家睡著時，我偷偷親的嘛。」

真的假的？小時候？

……這麼說來，難不成，我的初吻對象其實是……！

就在沉思的我和微笑的伊莉娜面前，突然出現了一個人影！

「你們滿相親相愛的嘛！很好很好！」

那是身穿聖誕老人服裝的——阿撒塞勒老師！我還想說怎麼沒在派對上看見他，沒想到竟然會這樣碰上！

「呼哈哈哈哈！我聽紫藤局長提過喔！聽說你們小時候約好要打倒聖誕老人，搶走所有禮物啊？這麼有趣的事情，怎麼不早點跟我說呢！只要能打贏我，這個袋子裡面的禮物都是你們的啦！好了，現在你們要怎麼辦呢？」

伊莉娜的爸爸居然知道我們的約定！不，這也就算了，沒想到老師當起聖誕老人來了！

我和伊莉娜面面相覷，然後同時笑了出來。

「呵、呵呵呵！」

「哈哈哈哈！受不了，真是服了老師——聖誕老人啊。好吧，既然如此，我們就來達成那個約定吧！」

我和伊莉娜對著老師——聖誕老人，進入備戰狀態！

「好，正如我願，一誠！讓他見識一下青梅竹馬的力量吧！」

我和伊莉娜一起衝了出去！聖誕老人也正面迎擊，同時對我們說：

「一誠！伊莉娜！你們是活在當下的年輕人，好好享受當下吧。這就是最好的弔唁啦。在這個城鎮，惡魔、天使和墮天使可以一起幹這種蠢事。這個事實，比什麼都重要啊！」

……老師！真是會說話！害我都快哭了！

我和伊莉娜聯手想要搶走老師手上的袋子，但老師的動作相當快，我們總是欠缺臨門的那一腳！

「好，差不多該拿出真本事來啦！」

就在我亢奮地這麼說的時候。

「吾也參戰。」

嬌小的龍神大人現身，加入我們這邊了！就連老師也沒料到會這樣，他嚇到眼珠都快蹦出來了！

「連奧菲斯都來了！喂喂喂，這是犯規吧……」

不不不，讓小孩子做個美夢才是聖誕老人啊！

「好，那伊莉娜、奧菲斯！我們就聯手打倒聖誕老人，搶走禮物吧！」

「呵呵呵，沒問題！」

「好——」

我、伊莉娜和奧菲斯，一起衝向聖誕墮天使。

——聖誕快樂！真是個美好的聖夜啊！

Boss × Boss.

『阿撒塞勒，我用熱線聯絡你所為無他。關於阿格雷亞斯所隱藏的祕密，我覺得還是要告訴你比較好。』

『……問題比原本以為的還要嚴重是吧，瑟傑克斯？』

『阿格雷亞斯內部有個列為最高機密的遺跡——能夠產生在製造「惡魔棋子(evil piece)」時不可或缺的結晶體。阿格雷斯被搶走之後，目前已經無法作出新的「惡魔棋子(evil piece)」了。現在，未使用的庫存棋子只剩不到一千組而已。』

『……也就是說，之後能夠轉生惡魔的數量會不得不受限就是了。看來，事情真的越來越嚴重了。這就表示，以同樣材料製造的「神聖使者(brave saint)」卡片，也只能以目前天界的庫存去製作了啊……即使確立了轉生系統，欠缺製造用的材料也沒有意義……天使也就算了，他們的轉生制度才剛成立，即使廢止了也還能夠因應。問題是——』

『你說的沒錯。「惡魔棋子(evil piece)」的系統，在目前冥界的生活、文化、價值觀當中，都已經根深蒂固，而且相當重要。要是沒了這個——』

『……惡魔世界將從根基開始動搖吧……但我不覺得「邪惡之樹」的目的只有這個。』

『阿格雷亞斯能夠產生出轉生所需的結晶體，再加上聖杯和邪龍——……他們湊到的手牌越來越危險了。然後還要讓６６６（trihexa）復活，以及進攻異世界啊……』

『……教會那邊的騷動也開始浮上檯面了。你應該也聽說了吧？三大勢力議和之後，教會戰士（exorcist）的存在理由開始遭到質疑。議和之後，就不需要再獵殺惡魔，和吸血鬼陣營之間也開始進行和議。戰士們紛紛開始感到不安，深怕失去生存意義，對天界的不滿和疑心都達到頂點了。』

『嗯，你是說各個戰士養成機構，紛紛開始反抗梵蒂岡本部的那件事吧。聽說首謀之一——是原本持有杜蘭朵的劍士。』

『……已經退休的那個杜蘭朵劍士啊……情況不妙啊。那傢伙和杜蘭朵的匹配度超乎常軌，要是王之杜蘭朵落入那個人的手中——』

『……在背地裡煽動他們的是邪惡之樹吧。』

『瑟傑克斯啊。李澤維姆的思想不成熟，也很幼稚，還可以說是很純潔——但無論是吸血鬼的事件也好，還是煽動其他勢力的黑暗面，以能力而論，可說是難得一見的煽動奇才。對於和人類共生的我們而言，他從某種層面來看，那可比傳說中的魔獸和破壞神還要凶惡，更是棘手至極。』

『……受到大眾喜愛的一誠，而位於另外一個極端的，就是在背地裡煽動大眾的李澤維姆啊……』

『……找到惡魔陣營當中協助李澤維姆的人了嗎？』

『不，還沒。從歐幾里得口中也問不出來。看來，就連歐幾里得也不知道協助他們的人是誰。邪惡之樹那邊得知協助者的真實身分，恐怕也是在奪得阿格雷亞斯之後的事了吧。』

『不過已經在進行調查了吧？』

『……已經鎖定幾個人了……其中也包括讓人難以想像的人選。』

『……再加上被他們得手的生命之果與智慧之果，真是讓人充滿了不祥的預感。舊魔王派在憎恨之中還抱持著革命的心願，英雄派則是憑藉獨特的正義在行事……而邪惡之樹的行動準則，就只有惡意——不，他們是一群受到惡意觸發的人。』

「萊薩哥哥真是的，天都還沒亮呢，有什麼事嗎？難得我才剛享受過聖誕派對這種對惡魔來說非常貴重的經驗而已呢。」

『惡魔參加什麼教會的儀式啊！再這樣下去，妳可沒辦法成為高貴的上級惡魔淑女喔！最近就連定期聯絡都疏忽了，害我還得向赤龍帝那小子打聽妳的近況，這也太奇怪了吧！』

「好啦，哥哥和一誠先生的感情這麼好真是太好了——所以呢，是要跟我說什麼事？」

『喔，對了。其實是這樣的，聽了包準妳嚇一跳！我的排名遊戲復出戰已經敲定啦！』

「太好了！恭喜哥哥。哥哥變成家裡蹲的時候，我原本還很擔心哥哥的未來呢。」

『那壺不開提那壺啊！算、算了。復出戰的對手，是連妳也會大吃一驚的大人物喔。』

「——是哪位呢？」

『就是那位冠軍！皇帝(emperor)彼列就是我復出戰的對手啊！』

「真是太厲害了！這的確出乎我的預料啊！」

『對吧？這可是無上的光榮！自從輸給赤龍帝那小子之後，我還以為自己的運氣全都跑光了呢。對上冠軍可是千載難逢的機會！或許我贏不了，但也要讓觀眾和營運方面看到一場精采的比賽，為我新的一步增添助力！』

「呵呵呵，那我也去幫哥哥加油好了。」

『不，妳還是好好上學用功吧。聽說莉雅絲快畢業了不是嗎？既然如此，他們應該用得上妳的力量才對。我這邊不重要，之後再看錄影下來的就好。那對莉雅絲和妳未來的夫婿來說，應該也會是很好的教材吧。』

「夠、夠了！哥哥不要笑話我嘛！」

『哈哈哈哈哈！所以說——妳和赤龍帝處得如何？』

「這個嘛……呃——」

後記

好久不見，我是石踏。D×D終於來到第十八集，伊莉娜篇了！

這次主要是青梅竹馬。我覺得這次應該是讓伊莉娜搶到了一個很好的位置才對。聖劍奧特克雷爾！身為手持杜蘭朵的潔諾薇亞的搭檔，這是她最棒的武器，請大家繼續期待她今後的表現。

・一誠撂倒李澤維姆的能力！

德萊格生前擁有的能力之一，「穿透」回來了。透過這個能力，他能夠直接將力量傳達到對手身上。熟練之後，能夠無視結界、障壁，直接將力量傳進內部。不過現在這個能力才剛顯現，還只能傳導純力量而已。以目前來說，只是能夠毆打李澤維姆的特性。但畢竟是對付李澤維姆，有這樣就很不錯了。儘管是出其不備，但李澤維姆也嚇到停手任人打了呢。

・愛西亞是新社長！還有法夫納的「逆鱗」！

愛西亞當上神祕學研究社的新社長了。她會變成新社長這件事，很久以前我就告訴過相關人士，這次終於實現了。作者本身無法想像一誠變成社長或副社長的模樣。反過來說，為了心愛的社長而四處奔走的模樣，反倒比較容易理解，既然如此，社長還是由愛西亞來當最適合。愛西亞擔任新社長，光是這樣就不知道事情會變得如何，讓人越來越興奮了。事情就是這樣，請大家為新社長加油吧。她身為馭龍者的能力也逐漸覺醒，值得矚目。

還有法夫納的活躍表現。上次牠只是吃了愛西亞的內褲就結束了，所以這次我就幫牠準備了這麼個表現的機會。因為想在他身為龍王的自尊、理由多加著墨，而且差不多想展現出龍族的「逆鱗」，也覺得法夫納生氣起來應該很有震撼力，於是就寫了這一個橋段。看牠那充滿執念與憤怒的戰鬥方式，生起氣來應該比任何人都還要可怕吧。

・吉蒙里男生的決心，以及吉蒙里女生的活躍

木場和加斯帕的戰鬥方式相當冷酷無情呢，而這也顯示了他們的決心。他們必須面對諸多強敵，或許哪天還會有同伴因此犧牲……抱持著這樣的危機感，讓男生組變得不講情面了。畢竟對手是一群會用一堆卑鄙手段的傢伙，因此也沒必要手下留情就是呢。

女生們也是，雖然對付的是量產型的格倫戴爾，表現依然可說是相當傑出。這種格倫戴爾和一誠與塞拉歐格打倒的本尊相比弱了不少，但同樣是強敵。和打倒拉冬的莉雅絲一樣，

女生也都變強了呢。

這個世代的新生代惡魔（新生代四王〈rookies four〉）真的都盡是些不同凡響的人物呢。

・曹操復活

上次只有聖槍登場，而這次終於連本人也現身了！這個傢伙還是一樣，寫著寫著都讓作者本人不禁覺得「好強啊」。所以，這次他完全只是扮演支援的角色。在神器〈sacred gear〉持有者當中，他的實力也是數一數二的吧。而且他也受到一誠的影響，捨棄了多餘的部分，想起初衷，想必今後也會以強大的勁敵身分發揮其作用。另外，他並沒有加入「D×D」小隊。我覺得他現在的定位，應該是最有他的風格吧。

・我們的隊長，杜利歐

終於在故事中有所表現的「D×D」隊長，杜利歐。他順利逼退華波加，也成功對付了克隆・庫瓦赫。當然，他們並非平分秋色，只是絆住了克隆而已。不過光是如此，也已經夠驚人的了。他的禁手〈balance breaker〉究竟為何，敬請期待。華波加的禁手〈balance breaker〉也就請再等等喔。

以下是答謝的部分。みやま零老師、責編H先生，每次都承蒙兩位照顧了。尤其是責編先生，最近這幾次真的給你添了很多麻煩，讓我滿懷歉意……隨著集數越來越多，要想的事情也會越來越多，所以總是會花上比較多時間。為了趕上預定，今後我會盡可能快點完工。

其實，有件事要宣傳一下。富士見書房成立了新的系列，「Fantasia Beyond」。是以網路小說形式連載作品的系列。

這次，我要在上頭開啟新連載了。內容是我的上一部作品《SLASH/DOG》的重開機版。D×D的讀者應該多少有點察覺，這個重開機版將採用和D×D同樣的世界觀。故事上雖然不會直接相關，不過將會敘述發生在《惡魔高校D×D》的幾年前的故事。

幾瀨鳶雄這名少年是如何得到神滅具(longinus)，又是怎麼碰上神子監視者(Grigori)——阿撒塞勒，這將會是故事的中心。由於和D×D是同一世界觀(share world)的過去的故事，當然也就會讓幾個在D×D當中出現過的人物登場。

不過，這個故事仍然是獨立作品，即使沒看過也不會對閱讀D×D造成影響；反過來說，沒看過D×D應該也可以看得盡興。但是，兩邊都有看過的話，應該會在某些場面會心一笑才對。

事情就是這樣，有興趣的人請參考富士見書房的網站。

之前在後記當中提過的另外一個作品一直沒有進度，我原本還想重新開始製作的……不過工作越來越多是件好事，只好請大家耐心等待了。

下一集！終於！要進入第三學期篇了！然後也會是潔諾薇亞篇，更是學生會選舉篇！潔諾薇亞究竟能不能當上學生會長呢？神祕學研究社也將在愛西亞新社長的帶領之下，以新體制開始活動！那麼，「D×D」小隊究竟會變得如何呢？

國家圖書館出版品預行編目資料

惡魔高校DxD. 18, 聖誕節的搞笑天使 / 石踏一榮作 ; kazano譯. -- 初版. -- 臺北市 : 臺灣角川, 2015.05
　面 ;　公分
譯自 : ハイスクールD×D. 18, 聖誕祭のファニーエンジェル
ISBN 978-986-366-510-6(平裝)

861.57　　10400531

Kadokawa Fantastic Novels

惡魔高校D×D 18
聖誕節的搞笑天使

（原著名：ハイスクールD×D18 聖誕祭のファニーエンジェル）

2015年5月27日 初版第1刷發行
2022年3月18日 初版第2刷發行

作　者：石踏一榮
插　畫：みやま零
譯　者：kazano

發 行 人：岩崎剛人
總 編 輯：蔡佩芬
編　輯：高韻涵
美術設計：黃永漢
印　務：李明修（主任）、張加恩（主任）、張凱棋
發 行 所：台灣角川股份有限公司
地　址：104台北市中山區松江路223號3樓
電　話：（02）2515-3000
傳　真：（02）2515-0033
網　址：www.kadokawa.com.tw
劃撥帳戶：台灣角川股份有限公司
劃撥帳號：19487412
法律顧問：有澤法律事務所
製　版：尚騰印刷事業有限公司
ISBN：978-986-366-510-6